江戸の陰陽師

風流もののけ始末帖

聖 龍人

宝島社
文庫

宝島社

目次

一話　狸降ろし

一

皐月《さつき》の風が裾《すそ》を吹き抜けた。
不忍池《しのばずのいけ》の水がきれいに反射して、水草の葉が灯影を見せていた。
空には白い雲が流れて、気の早い蟬《せみ》の声まで聞こえている昼下がり。
若い侍がふと足を止めた。
藪《やぶ》から狸《たぬき》が一匹、こちらを見ている。
「おやぁ？」
足を止めた侍は、狸と目を合わせた。

小柄だからどうやら雌だろう。すぐ後ろには東叡山寛永寺《とうえいざんかんえいじ》の屋根が空を焦がすようにそびえている。

侍の名は賀茂柳太郎《かものりゅうたろう》という。今年で二十二歳になる。

数日前、京から江戸に出て来て、いまは日本橋通町《にほんばしとおりちょう》二丁目にある旅籠《はたご》の扇屋《おうぎや》に投宿している。江戸になじみはない。そこで江戸の町を知るためにあちこち散策を続けているところだった。

この辺りだと藪があるのは不思議ではないが、

「狸がここまで降りてきたとは」

自分に用事でもありそうな目つきに、柳太郎は苦笑しながら、

「どうしたのだ」

声をかけた。

人の言葉がわかるはずはないのだが、狸はかすかに身じろいだ。

柳太郎の側《そば》まで寄っていいものかどうか迷っているらしい。

「こっちに来い」

手を差し出した柳太郎に、狸はゆっくりと寄って来る。

と、柳太郎はなにやら印を結んで呪文《じゅもん》を唱えた。

ふっと目つきに変化が生まれた。

「どうしたのだ」

声を出したわけではない。心で呼びかけたのだ。

狸は、驚きもせずにさらに近寄ると、

「賀茂柳太郎さまとお見受けいたしました」

「ていねいな狸だな」

狸の頰《ほお》がかすかに動いた。照れたらしい。

草のなかにまぎれながらだから、周りからは見えないだろう。最もほとんど人は歩いていない。

蟬の声がまた聞こえるなか、狸はふたたび一歩前に出てきた。

「狸汁は好きですか？」

「なに？」

「私たちを鍋《なべ》にして食べることです」

「さぁ、まだ経験がないでなぁ」

「両親が食べられたのです」

「ほう」

「最初に父が捕まりました」

「ふむ」

「次に母が……父を探しているときに捕まったのです」

「可哀相《かわいそう》に」

「兄が怒りました」

「千畳敷《せんじょうじき》を使って暴れたか」

「はい？」

「いや、よい」

どうやら雌なので狸の千畳敷を知らぬらしい。

「どこぞの滝のことでしょうか？」

「いや、忘れろ」

「では、その話は忘れます」

柳太郎は苦笑するしかない。

「暴れるとはどんなことをしているのだ」

「はい。いろんな人に取り憑《つ》いて悪さをしているらしいのです」

「悪さとは？」

「これまでは、小悪党のなんとかという男に取り憑いていました」

　雌狸のいうことには、兄狸は両国界隈《りょうごくかいわい》で小遣い稼ぎに、地方から出てきた浅葱《あさぎ》裏《うら》にうまい金稼ぎの話を持ちかけ、最後は金を手にしたら知らぬ存ぜぬを決め込む。

　まさか騙《だま》されたと上司に報告するわけにはいかない若い侍のなかには、自ら大《おお》川《かわ》に飛び込んだ者もいるとのことだ。

　娘には、あれこれ浮いた言葉たくみに近づき、家から金を持ち出させてはそれを持ち逃げする。

　そんな詐欺まがいのことを続けていたらしい。

　だが、近頃やりかたがもっと巧妙になってきたというのだった。

「というと？」

「経験が腕を上げたといってもいいと思います。取り憑く人を選んだのです」

「ほう」

「御用《ごよう》聞きに取り憑きました」

「なんと」

「悪党に取り憑くよりは、悪さが簡単にできると考えたらしいのです」

「策士であるな」

「岡《おか》っ引《ぴ》きですから、文句をいいたくてもいえません」

「横暴なことでも聞かざるをえないか」

もともと岡っ引きは、町人から好かれる存在ではない。なかには元凶状持《もときょうじょうも》ちなどの連中がいるからだ。

江戸の治安を守るのは町奉行と寺社奉行。

そのなかでも、普段、町を見廻《みまわ》っていざというときに事件を取り締まる定町廻《じょうまちまわ》り同心《どうしん》は南北の奉行所を合わせても三十人にも満たないのだ。これで安全を守るのは至難の業だ。

そこで岡っ引きを雇うことになるのだが、悪人の風評やら動向を探らせるためには、元は同じような悪さをしていた連中のほうが悪党に近づける。そのために、元盗人やら、やくざなどを登用する場合もあったのである。

もともと、素行がいい連中ではない。

そんな連中に十手《じって》を渡すのだから、なかにはそれをいいことに悪さをする御用聞きもけっこういるのである。

兄狸が岡っ引きに取り憑いたのは、いいところに目をつけた、ということになるのだった。

二

ところでこの狸と会話を交わすというとんでもない術を持つ賀茂柳太郎という男。

先祖の賀茂家は平安時代、陰陽寮《おんみょうりょう》で働いていた。

陰陽寮とは飛鳥時代に設置された機関で、陰陽師《おんみょうじ》を育成する陰陽博士。天文を観測して吉凶を占い、その結果を天皇に上奏する天文博士。暦を作る暦博士。漏《ろう》刻《こく》という水時計を使う漏刻博士などが仕事をしている場所である。

先祖の名が知られるようになったのは、賀茂忠行《ただゆき》からである。忠行が陰陽博士になったからである。

忠行の弟子には、かの有名な安倍晴明《あべのせいめい》がいる。

やがて陰陽寮は安倍氏と賀茂氏の両家が牛耳るようになるのだが、隆盛を保っていたのは安倍氏であった。

室町時代に入ると安倍氏嫡流は公卿《くぎょう》に比する家柄へと昇りつめ、陰陽寮長官の陰陽頭《おんみようのかみ》を世襲し、賀茂氏は下流に立つことになる。

室町時代になると民間にも陰陽道は拡がり、占い師や呪術師として民間の陰陽師が活躍するようになっていたのである。

戦国時代に入ると賀茂氏の本家、勘解由小路家《かでのこうじけ》は断絶。安倍氏宗家、土御門家《つちみかどけ》もその力は衰退した。

江戸時代を迎えると幕府は陰陽師の動きを統制するために、安倍宗家である土御門家と賀茂分家幸徳井家《こうとくいけ》を使い、全国の陰陽師を支配させようとしたが、ここでも土御門家が幸徳井家を凌駕《りようが》したのである。

陰陽道は政治と関わるだけの力は失ったが、暦や方角の吉凶を占う民間の陰陽師は存在していた。

柳太郎は血筋としては賀茂家ではあるが正統ではない。

いまではほとんど民間の陰陽師と変わりのない生活を余儀なくされていた。

賀茂家の末裔《まつえい》というのも怪しいものだ、と自分では考えているのだが、父は、

「傍系とはいえ賀茂家の誇りを持て」

と言い続けていた。

一年前の春、父の賀茂直常《なおつね》は亡くなり、追うように母の佐知《さち》も病死した。父五

十四歳、母四十七歳であった。

父は民間陰陽師として京の町でほそぼそと呪術などを使って、失せ物探《う》しやら家移りの吉凶占いなどをおこなっていたのだが、公卿に比した先祖とは異なり、なにしろ貧乏浪人に身をやつしながらも、人前に出るときにはきちんと狩衣《かりぎぬ》を着るような、誇りだけで生きてきたような父である。

それを見てきた柳太郎は、

「どうせならこれからは江戸だ。そこで一旗揚げてやる」

とばかりに、父の形見でもある狩衣を持って、つい十日ほど前江戸にやってきたばかりである。

京とはことなり、江戸は町人も侍もどこか乱暴である。

第一言葉が違う。町並みが違う。長屋の作りも違う。

最初、長屋を見てどぶ板が真ん中にあることに驚いた。京では長屋のどぶ板は、通りの端にあるのだ。

町人たちの気が短いことにも驚く。

棒手振《ぼてふり》たちは掛け声も高らかに、歩くというよりも走り去るに近い。それでは声も掛けられないではないか、と思うのだが、呼びかける声もせっかちである。

呼声が聞こえると、また、たったたたと走り戻ってくる。

「こんなせっかちなところで、生活できるのであろうか」

柳太郎は頭を抱えてしまった。

まだ塒《ねぐら》も定まらず日本橋の通町二丁目にある扇屋という旅籠に逗留《とうりゅう》しているのだが、幸い母親が内職をしながら蓄えていた金子《きんす》があった。それで当分はなんとかなるはずだ。

ぶらぶら歩きは嫌いではない。

まずは江戸の町を知ろうと出歩いているとき、狸に声をかけられたのである。

「そういえば、どうして私が賀茂だと知ったのだ？」

狸は答えた。

「私たちが連絡を取る網は全国に張り巡らされているのです」

「ふうむ」

雌狸は、自慢気であった。

目が光ったのは、さらに確信に触れようとしたからだろうか。

「狸にしては美形だな」

戯言《ざれごと》をいいながら、柳太郎は雌狸の前に座り込んだ。

「もっと詳しく聞かせてもらおう」

雌狸は、さらに柳太郎の側に寄ってきた。

「銀次《ぎんじ》さん、お元気で！」

声をかけられた岡っ引きの銀次は、おうと横柄に顔を向けた。

若い娘が、店の前で水やりをしながら、笑っている。

と――。

銀次の目が異様に光った。

だが、それに気がつくものはいない。まさか人の瞳が獣と同じように光るとは思ってもいないだろう。

普段は十手を懐《ふところ》に隠しているのだが、今日の銀次はなぜか外に出して、これみよがしにとんとんと肩を叩《たた》いている。

それを見て、声をかけた娘の眉根《まゆね》が寄った。

そもそも銀次が十手を預かるようになったのは、やはり以前、両国界隈で乱暴者として通っていたからだ。

親分がいたわけではない。

一匹狼《おおかみ》で乱暴を働いた。

といっても素人には手を出さない。

「おれはとーしろの味方じゃねぇが、といって困らせるつもりもねぇ」

うそぶくのが常で、もっぱら大店《おおだな》の用心棒のような真似《まね》をしていたのである。

といっても、剣術を習っているわけでもない。侍でもない。

理不尽ないちゃもんをつけたり、たかりに来る連中を追い払う役を担っていたのだ。

子どもの頃から喧嘩《けんか》は慣れている。

一時、近所の子どもたちと喧嘩ばかりしていたため、十二歳のとき親から寛永寺裏にある、唐感寺《とうかんじ》という寺に預けられたことがある。

そのとき、寺の住職、斎念《さいねん》に体術を習った。琉球《りゅうきゅう》空手と柔《やわら》が一緒になったような術だったという。

斎念としては、武道の心得を学ばせて落ち着かせようとしたらしいが、

「これは喧嘩につかえるぞ」

と考えた。

いやに熱心に学ぼうとしているので、斎念は喜んだのだが、

「ますます増長して、喧嘩ばかりやります」

仏具屋を生業《なりわい》とする父親の伝八《でんぱち》が危惧《きぐ》したとおり、半年いただけで寺を逃げ出してしまった。

その後は、親や斎念の言葉も聞かず、地廻りの手伝いやら喧嘩の加勢などに手を貸して、両国界隈ではまだほんの子どもというのに、腕っ節の強さが轟《とどろ》いていたのである。

それが三年ほど続いたのだが、あるときぷいと両国から銀次の姿が消えた。

なにがあったのかは銀次とつるんでいた連中も、まったく聞かされていなかった。

銀次を知っている行商人が、上方《かみがた》で見たとか上州《じょうしゅう》のどこだかいるという噂《うわさ》を聞いたという話もあったが、真《まこと》のことは誰も知らなかった。

あるとき、下総《しもうさ》で大きな出入りがあったという噂が広まり、そこに銀次らしき男がいたという話も舞い込んでいた。

だが、だれもその真実を知るものはいない。

そして、江戸に戻ってきたときの銀次は、いっぱしの若者に成長していた。

以前、乱暴を働いていたときとは異なり、目の険が取れていた。

落ち着いた面相に変化していたのである。

姿を隠していた四、五年の間、銀次がどこでなにをしていたのか知る者はいない。

本人も、はっきり答えない。

銀次は、久々に斎念を訪ねた。そのとき斎念が呟《つぶや》いたという。

「なにがあったのか知らぬが、旅で成長したらしい」

三

それからは、無駄な喧嘩をする姿は見られなかった。

以前、銀次を用心棒代わりに雇っていた大店は、

「これで、仏具屋の銀次さんは本当に仏の銀次さんになった」

そんな噂が立った。

そこに目をつけたのが、北町見廻り同心の、浅村甚兵衛《あさむらじんべえ》だった。

今年四十歳になる甚兵衛は生まれ変わったと噂のある銀次に目をつけ、下《した》っ引《ぴ》きとして使うことにしたのが、昨年の秋のこと。

冬を越して、春を過ぎ、いまは初夏。

昨夜は夕刻から雨が降り出し、朝まで続いていた。通りは水たまりができて、今日は風が強い。

浅村から仏にはまだ早いから、せいぜい仏壇の銀次と呼ばれるようになった岡っ引きは、いま浅草《あさくさ》から本所《ほんじょ》へと向かっていた。

本来、本所は縄張り違いなのだが、銀次にそんな思いはない。事件が起きたらどこにでもすっ飛んでいくし、呼ばれたら躊躇《ちゅうちょ》はない。

水たまりをひょいひょいとよけながら、進んでいくと、

「おーい、おーい」

どこからか声が聞こえてきた。

空から響くような男の声だった。

周囲を見回しても、自分を呼んでいるような姿は見つからない。

「なんだいまのは？」

ひとりごちながら、さらに大川沿いを進む。

川岸には都鳥と呼ばれるゆりかもめがすいすいと空から川面《かわも》に向かって飛んでいる。なかには、餌《えさ》を口についばんだまま飛ぶ姿が見えている。

空は青く晴れている。

雨上がりの緑が美しく夏の光に反射していた。

だが、銀次の周囲だけは、なぜか光が届いていないように見える。

陰が薄いのだ。

そんな不気味な雰囲気を周りのものも気がついているのだろう、銀次から離れようとする者も少なくない。

それを自分が御用聞きと知られているからだろう、と思っている。まさか狸に取り憑かれたためだとは夢にも思ってはいない。

ただなんとなく、ここのところ体調がおかしい。

特に目がかすみ耳が一瞬聞こえなくなることがある。

青い空が緑色に見えたり、人の声がやたらと大きくなったり、小さくなったりするのだ。

自分の体に異常でも起きたのかと、一度医師に見てもらったことがあるが、

「健康そのものです」

といわれて、やぶ医者めと怒って帰ってきたことがある。

いまも、耳がおかしい。

どこがどうおかしいのか、はっきりと口でいえないのが辛《つら》いのだが、なにやら天から声が聞こえているような気持ちがするのだった。

「おいおい」

ようやく元に戻った耳に、また呼ぶ声が聞こえた。

目の前にのんびりとした男が立っていた。

にやにやした顔つきは、どこか腹が立つ。

「な、なんです？」

侍なのかそれとも遊び人なのか一見しただけでははっきりしない。

深川鼠《ふかがわねずみ》に亀甲七《きっこうなな》つ星小紋《ぼしこもん》の小袖《こそで》を着流しに、赤柄を鮫巻《さめまき》にして、いかにも気取った佇《たたず》まいは、普通の侍には見えない。

いわゆる傾奇者《かぶきもの》に近い雰囲気ではあるが、どこか違う。

「あのぉ……」

どう応対したらいいのかわからず、銀次は図るように声を返している。

「ふむ」

「なにか御用で？」

「仏壇の銀次とはお前のことだな」

「へぇ、さいですが」

「こら！」

いきなり大声で怒鳴られた。

「あへぇ……」

「いや、お前ではない」

「はい？」

「兄狸だ……といっても面倒だな。妹狸もいる。どうするか……ふむ、とりあえず兄は太郎太《たろうた》とでもして、妹は次郎太《じろうた》ではまずいか、名前を聞いておくのであったなぁ」

「あのぉ」

「気にするな。ひとりごとだ」

「へぇ、それはわかりますが、あっしはどうして呼び止められたんですかねぇ」

「はて……自分ではわからぬか」

「へぇ、まったく」

「それは困った」

「あっしのほうがもっと困っておりますが」

「道理であるな」

この侍はちとおかしいのではないか、という目つきで見つめていると、

「柳太郎である」

「はい？」

「賀茂柳太郎である」

「ははぁ」

「これ、太郎太出てこい」

「あのぉ……」

ふむ……と答えたまま柳太郎はかすかに目を細めた。

「寝ているのか……狸寝入りだな」

「あのぉ」

「ひとりごとである」

空がまた梅雨《つゆ》のそれにもどってきた。この時期、青空が長続きすることはない。暗雲が空を覆い隠そうとしている。同時に銀次の目に変化が現れ始めた。

「旦那《だんな》……」

いきなり声の調子が低くなった。地鳴りのような声だ。

「起きたか」

「さっきから……」

「ふむ」

「妹になにかいわれたんだな？」

「気がついたか」

「ミロだ」

「はん？」

「妹の名前だ。おれはザキだ。太郎太などというおかしな名前で呼ぶな」

「ザキにミロ？　おかしな名前だな。佐渡《さど》には団十郎《だんじゅうろう》狸。四国の総大将は六右衛《ろくえ》門《もん》。讃岐《さぬき》の禿《はげ》狸などはどうなのだ」

「人がつけた名前だ。本当は違う」

「ほう……そうなのか。では六右衛門はなんというのが本当なのだ？」

「……知らん」

「なんだ」

「俺《おれ》はあれほど偉くないから付き合いはないのだ」

わっはは、と大笑いをすると柳太郎は川沿いのなぞえになった場所を降りていく。

懐手をしながら悠然と歩く姿に、銀次に取り憑いているザキと名乗った狸の目は怪訝《けげん》そうだった。

「ここでよい」

ひとりで納得しながら柳太郎は途中にある木株の上に腰を下ろした。

銀次に隠れているザキがずっと表に出ているのか、柳太郎はまず目を見る。

「いまは、銀ちゃんだな」

「はぁ？」

目の光が戻った銀次に柳太郎は、

「近頃、大食いになっておらぬかな」

「……どうしてそんなことがわかるんです？」

「まぁ、狸になっているからな」

「さっきから意味不明のことを喋《しゃべ》っていますが、どういうことですかいねぇ」

「いま、ここにいることをどう思う」

いわれた銀次は、周囲を見回し首を傾《かし》げる。

「覚えておらぬであろう？」

答えることができずに、銀次は肩をすくめる。

それが狸だ、と柳太郎は答えた。

その瞬間、また銀次の眼の色が瑠璃色《るりいろ》に変化した。

「ほう。そんな術も使えるのか」

「やかましいわい。さっきからなんだ。この体は馬鹿《ばか》だ。そんな奴《やっ》と話を続けても仕方ねぇだろう」

「狸言葉にも江戸弁があるらしい」

「用事を早くいえ。面倒なことばかりいいやがって」

瞳が瑠璃色から深紅に変わった。

「よく変わる眼の色だな。まぁよい。目の色を変えるついでに、その男の体から出てほしいのだがどうかな？　いつまでもそんな馬鹿な体のなかにいても得はせんだろう」

「馬鹿は馬鹿なりに使い道があるってもんだ」

ふふっと銀次の体のなかでザキが笑った。

「そんなことはどうでもよい。早くその体から出ろ」

「ミロに頼まれたのはそんなことだったのかい」

「わかったら、早く出るんだな。そうしなければ後で大きな後悔をすることになる」

「ふん。こんな馬鹿な体に取り憑いたときからそれは覚悟の上だぁ。だいたいお前はなんでぇ。いま考えたらどうして俺と話ができる？　ははぁ、ひょっとしたら貧乏陰陽師か」

「まぁ、そんなところだ」

ザキは、ふんと鼻で笑うと、

「まぁ、せいぜい失せ物探しでもして稼ぎゃいいさ。あばよ」

「ちょっと待て。お前は両親の仇《あだ》を討とうとしているらしいが、やめておけ」

「なんだって？　ふん。ミロは相変わらず馬鹿な妹だ。仇なんざ討ったところで意味はねぇ。おれはこのまま人間になりてぇからこうしてこの馬鹿な体のなかに取り憑いたんだ。そのほうがいろいろと楽しいからなぁ」

そういうと、さっさとその場から離れていってしまった。

残された柳太郎は、じっと銀次の後ろ姿を見ていたが、にやりとしてから後をつける。

銀次は目の前の横丁に入っていく。

空から小粒の雨が落ち出した。

歩いている人たちの傘が一斉に開き始めた。

蛇の目に無地の番傘。深紅に黄色や黒。藍色《あいいろ》など色とりどりの傘が開いて通りを進んでいく。

江戸っ子はそんなところにも粋《いき》を競う。

四

がさがさと道端の草むらで音がした。

目を移動させると、そこにミロがいた。どこか心配そうな目つきだった。人間に見つかったら捕まると思っているのだろう、なかなか表には出てこない。

体を伏せたまま柳太郎をじっと見つめている。

側に寄った柳太郎は、草むらに入ってそのまま後ろ側の人気《ひとけ》のない場所へと移動した。

「どうした」

「私にも手伝わせてください」

「ほう」

「兄がなにかやろうとしていることを止めたいのです。いくらなんでも人を殺すのはよくありません。殺された人の子どもが私たちを憎むことになります」

「恨みの連鎖が始まるか」

「兄はどうしてますか？」

ミロはぞろりと前に出た。草むらから姿を表す。目が黄色い。鼻先を蠢《うごめ》かせているように感じるのは気のせいだろうか。

柳太郎は、しゃがみ込んでミロの前に出た。

「手伝うといってもどうするつもりだ」

「兄は、取り憑かれています」

「わっはは」

「笑いごとではありません。いまのままでは何人でも殺してしまうことでしょう。現に、いままで何人か怪我《けが》をさせています。続けさせてはいけません」

噂だが、銀次は捕まえた掏摸《すり》たちを数人殴り飛ばしたということだった。周囲で見ていた者たちは、また乱暴な銀次が戻ってきたのかと思ったらしい。

「だが、それは銀次がやったことであろう」

「違います」

ミロがいうには、銀次の体を借りて人はどのようにしたら怪我をして、どのくらいの力で殴ったらどれほどの衝撃を受けるのか確かめた、というのである。

「それが本当だとしたら厄介なものだな」

体を小さく丸めながらミロは続けた。

「そんなことをしてはいけません」

目が瑠璃色になった。

「ほう……狸にしてはできておる。ミロであったな」

「…………」

「で、なにをしようというのだ」

「策を練ります」

ミロがいうには、このまま放《ほう》っておいてはいけない。だから銀次を騙してあるところに連れて行こうという。

「あるところとは？」

「それは、狸が嫌いなところです」

「恐れて来ないのではないか？」

狸が嫌いなところは避けるのではないか、と柳太郎は訊《き》いた。

「銀次さんをそこに呼び出すのです。兄が表に出られないようにすればいいのです。そうしたら銀次さんの頭のなかで小さくなっていることでしょう」

「道理であるな」


ミロの策とはこうだ。

兄を銀次の体から誘い出すには四国土佐《とさ》の大狸を連れてくるに限る。

本来なら四国まで行かなければいけないのだがそこまで行く必要はない。近所に大狸が住んでいる場所に似たところがある、というのだ。

それが道灌山《どうかんやま》だった。

道灌山は秋になると虫聴きができるほどである。さらに、切通しがあり藪もある。狸もいればほかの小動物などもいる。

それだけ大狸の住まいがある場所に似ているというのである。

「大狸さまが来るのだといえば、兄は信用すると思います」

「呼び出してからどうする」

「柳太郎さまにお願いがあります」

「なんだ」

「大狸さまをここに呼んだように見せる妖術を使ってもらいたいのです」

「妖術？」

「幻影を見せるのです」

賀茂家を継ぐ陰陽師なのだから、それくらいはできるだろう、というのだった。

「ふむ……」

少し困ったような顔つきで、柳太郎はなにか思案風だったが、

「いいだろう」

「助かります」


ミロの姿が消えてから柳太郎は、日本橋通町二丁目の扇屋まで戻った。

太鼓形になった日本橋は長さ二十八間《けん》（約五十一メートル）、幅四間二尺《しやく》（約八メートル）。江戸の中心だけあり大勢の人が渡り歩いている。

棒手振から定斎屋《じようさいや》。飴屋《あめや》の格好をした者やら、町娘。

地方から江戸に出てきたばかりなのだろう、きょろきょろとあちこちを見回し

ながら歩くような若侍の姿もちらほら見えている。

そんな姿を眺めながら柳太郎は旅籠の前に立った。隣に蕎麦屋《そばや》があった。店の前を竹矢来《たけやらい》が囲んでいる。

ミロに幻影を見せてくれと頼まれ、安請け合いをしたのだが、まだ柳太郎にその力はない。

となると、幻影の代わりを見せる仕掛けでも作らねばならぬ、と柳太郎は心で呟いている。

しかし、京ならいざ知らず来たばかりの江戸にそのような知り合いはいない。

「誰かに訊くしかないか」

そんなことを考えながら戸口に立つと、店から娘が出てきた。

藍色の番傘を持っている。

すぐ後ろからどこぞのお店者《たなもの》が姿を表し、雨を見て困り顔をすると、娘が持っていた傘をどうぞと差し出した。

男は、うれしそうに笑顔を見せてそれを手にした。

柳太郎は娘の行動をじっと見ていると、にんまりしてから、男を見送った娘の前に立った。

この如才なく気が利きそうな娘なら、仕掛けのできる知り合いがいるかもしれない……。

どうせ人を探すなら、このような娘に聞いたほうが楽しい。

暖簾《のれん》にはそば政《まさ》と書かれていた。主人が政とでもいうのだろうか。暖簾の前に立っている娘は頬がほんのりと色づいて、いかにも元気な蕎麦屋の娘という風情だった。

赤い前垂れがきりりとした顔をさらに働き者に見せている。

柳太郎は娘の前に近づくと、

「頼みがあるのだが」

その声が聞こえなかったかのように無視をして、暖簾をくぐり店のなかに戻ってしまった。

慌てて柳太郎も追いかける。

店内は思ったより明るい。天井が高く明かり取りが随所に作られているからだ。

それでも角は明かりが伝わらず、ほんのりと暗い。そこに設《しつら》えられている小上がりに柳太郎は上がった。

二畳ほどの畳敷きで、長台が置かれてあった。その上に丼《どんぶり》や小鉢を置いて食べるようになっているのだった。

いまは昼どきではないせいか、客はまばらである。

娘が注文を取りに来るまで待っている間に、ふたりほど雨宿り代わりに入ってきた。

しばらくしてようやく娘が注文を聞きに来た。

「なんにします？」

「頼みがあるのだが……」

「お客さんじゃないのでしたら、お帰りください」

「いや。食べる、食べる。てんぷらと酒だ」

返事もせずに娘は戻っていった。

どうやら怪しい男と見られてしまったらしい。柳太郎は苦笑しながら今度は姿勢を正して娘が来るのを待った。

てんぷらの抜きと酒が運ばれてきた。

「怪しいと思うのも無理はないが、私は数日前に京から江戸に来た世間知らずなのだ」

「………」

「無礼は許してくれ」

　ていねいに頭を下げて。

「まぁ。お侍さまにそんなことをされたら困ります。まるで私がいじめたみたいではありませんか」

「ふむ」

「どうやらただの追い掛け回しではないみたいですね」

「追い掛け回し？」

「私を追っかけ回す男衆のことです」

「ははぁ。そんな男たちがいるのか」

「大勢います」

「それは困ったな。私が追い払ってあげよう」

「いいのです。冷たくされたほうが皆さん喜んでいるのですから」

「ほう」

　驚き顔をすると、娘は腰を折って、

「お道《みち》といいます」

お見知り置きを、といいながら、

「おひとつどうぞ」

ちろりを傾けた。

五

頼みがあるともう一度話をすると、お道は今度はどんなことでしょうか、と答えてくれた。柔らかな光のなかで、盃《さかずき》の酒が揺れた。

立ち上がる芳香を柳太郎は楽しみながらお道を見つめる。頬がほんのりと染まっている。目は切れ長のほうだろう。じっと見つめていると背中をぞくぞくさせてくれるような娘だった。

「なるほど」

「はい？」

「男衆が追い掛け回しをやるのもわかる気がする」

「あら」

「私もそのうちのひとりになりそうだ」

「ご冗談を」

「ははは。まぁそれはそれとして……」

自分は陰陽師であると柳太郎は告げた。

あらそうですか、とお道は興味も示さない。なんだか拍子抜けをした柳太郎だったが、気を取り直して。

「いま、狸降ろしをしておる」

「騙されないようにお気をつけて」

にんまりとお道はそんな返答をする。

ある技術を持った人間たちを探しているのだ、と柳太郎は続けた。

「大仕掛を作れる者たちが欲しい」

「大仕掛ですか？」

「たとえば、そこには見えないものがいきなり見え出すとか。目の前に見えていた富士山を消すとか。それまであった家を一軒消してしまうとか、そんなからくりを作ってくれる者がおらぬかなぁ」

「……舞台装置などを作るんですか？」

「ほい。それに近い。お道ちゃんは頭がいい」

にこりとしてからご隠居さんがいいかも、とお道は呟いた。

訊くと、すぐ側の裏長屋に住んでいる人で、名前は誰も知らず、どこでなにをしていた人か知る人はいない。当然、侍だったのか町人だったのかもわからない。そんな人がいるというのだ。

「そのご隠居さんがからくり師を知っていると？」

「あのかたはなんでもご存知なのですよ。先日などは、真田《さなだ》十勇士《じゅうゆうし》の話を面白おかしく子どもたちに語って聞かせていました」

「講釈師かな？」

「さぁ、どうですかねぇ」

行ってみますか、とお道は問う。

「もちろんだ」

「では」

「ふむ」

ちょっと待っていてくださいい、とお道は奥の調理場の方に入ると、なにやら話をしてから戻ってきた。

「では、行きましょう」

「頼む」

ふたりは店を出た。

江戸の中心である日本橋にこんなところがあるのかと思えるような長屋だった。

裏木戸は剝《は》げまみれになったままだし、木戸門も蝶番《ちょうつがい》が外れてほとんど用をなしていない。

それでも木戸を潜《くぐ》ると溝板はきちんと残っていた。なかには冬の焚《た》き付け代わりに使ってしまうような長屋もあるのだ。それに比べたらまだましなほうなのかもしれない。

外側とは雰囲気の異なる長屋に入ると、雨の名残だろうか肌がひんやりとする。

お道は迷わず井戸端まで行き、すぐそばの戸口に立ち、どんどんと数回障子戸を叩いた。

ほうい、とのんびりとした声が響いた。

どこから声を出しているのかわからないような返事だった。

開いているぞ、と声が続いた。

お道は柳太郎を一度見てから、戸を引いた。

すぐ土間が見えて、竈《かまど》が見えた。殆《ほとん》ど使った様子はない。

「ご隠居さん、お元気ですか？」

「見ての通りだ」

それだけでは判断できまい。

「腰の調子はいかがです？」

「いいときも悪いときもある」

「ということはそれほど悪くはないということですね」

「そうともいう」

まるで禅問答である。

部屋に上がると、ご隠居さんはじろりと柳太郎を睨《にら》んだ。その目は顔を見ているというよりは、その奥にあるなにかを見ているようである。

「こちらは陰陽師のかたです」

「そうか」

すぐ目をそらした。

仕方なく柳太郎はお道の横に腰を下ろして、自己紹介をした。

「賀茂柳太郎ともうします」

「……賀茂？　江戸は初めてか」

「はい」

「気をつけるんだな」

「はい？」

「このような妖《あや》かしのおなごがおる」

にっと頬を動かしてお道に視線を送った。

お道はそんなことをいわれているのに、にこにこしている。普段から同じような言葉を投げかけられているのかもしれない。

ご隠居さんはなにか用事かと問うてきた。目の前には見台《けんだい》が置かれてあり、書物が開かれていた。ちらっと見えた画を見ると、なにやら化け物が人を食い殺そうとしているところのように見えた。

お願いがあるのです、とお道が答えた。

今度はなんだ、とご隠居さんが面倒くさそうに答えた。

「それが、今度はちょっと大変なんですが」

といって柳太郎に目線を送る。自分で喋るかと問うているらしいと気が付き、

「じつはからくり師を探しているのです」

と答えた。

ご隠居さんの態度に変化はない。ほとんど顔も動かず唇も動かず、体も動かない。器用なものだと柳太郎は心で呟きながら、

「狸に頼まれたのです」

笑われるかと思ったが、ご隠居さんはちらりと柳太郎を見ただけだった。このような話には慣れているのだろうか。まさかと思いながら話を続ける。

「ある狸がおりまして……」

それがどうしたという顔つきのふたりに、柳太郎はとまどいながらも、続ける。

兄妹の狸がいた。兄がザキで妹がミロ。

両親が人間に狸汁として食べられてしまった。

兄が敵討《かたきうち》をしたいとある人間に取り憑いてしまった。岡っ引きの銀次という男がその相手である。

取り憑かれた銀次は、いままでより乱暴になってしまった。

最後は、仇を見つけて食い殺してやろうと考えている。

「簡単にいえばそんなことなのだが」

柳太郎はそこで一度言葉を切った。

ぱたりと書物を閉じて、いま読んでいる話よりこっちのほうが面白いと顔を向けて、

「それとからくり師との関わりはなんだ」

ご隠居が問う。

小さく頷《うなず》いて、柳太郎は続けた。

妹が土佐の大狸を呼んで銀次を招き、銀次から兄を離したい。ついては陰陽師である柳太郎に大狸が来たという幻影を見せてほしいと頼まれた……。

「なるほど、大仕掛けをしたい理由がわかったぞ」

「ばれましたか」

「お前は陰陽師とはいえ、幻影を見せるだけの力は持っていない。だからからくりを使おうというのだな？」

「御明察」

ご隠居さんは、わっはははと大笑いを見せた。

「これは近頃珍しくいい話だぞ」

「いい話なんですか？」

　不審そうにお道が首を傾げる。

「狸がそんなことを頼んでくるとは知らなかった。それに、陰陽師とはいえ自分からなまくらだと白状したようなものであろう？」

「あぁ、そういう話ですか……」

　ふふっと笑みを浮かべるお道の顔を見て、柳太郎は眉をハの字にする。

「ご隠居さん……でよろしいのでしょうか」

「かまわん。なんなら隠居狸でも良い」

「……なんとか探してくれませんか」

「探しなどせん」

「……………」

「いま、呼びに行くから探さぬと申しておる」

　面倒ないいかたをするものである。

しばらく待っていろ、とご隠居さんは立ち上がった。自ら誰かを連れて来るつもりらしい。

「私がお迎えに参りましょう」

お道が申し入れると、いや自分で行く、こんな楽しい話は自ら伝えたいと笑った。

六

ふたりきりの部屋はしんと静まり返った。

手持ち無沙汰《ぶさた》になった柳太郎は、見台に乗っている書物を開いてみる。

「これは……」

誰が描いているのかよくわからないが、さきほどちらりと見えた図画が大きく目に入る。

「狸のお化けではないか」

まるで柳太郎が来るのを知っていたようではないか、と呟く。

「おそらくそうですよ」

にこりともしないで、お道はじっと柳太郎を見つめる。

「なんだって？」

自分たちが来るのを知っていたのか、と訊くと、

「ご隠居さんにはそんなおかしな力があるのです」

「ふうむ。以前はなにをしていたのだ？」

「知りません。教えてもくれません」

「不気味な人だなぁ」

書物に目を通そうかと思ったときに、がらりと戸の開く音が聞こえた。

外から声がかかった。

出てこいと叫んでいる。

お道はすっくと立ち上がった。

まるで全身から力が抜けているような立ち方に見えた。

外に出ると、ご隠居さんのほかに三人の男が控えていた。

三人とも塗笠《ぬりがさ》を被《かぶ》っているせいか、暗い雰囲気を見せながら、かすかに頭を下げて立っていた。顔ははっきり見えない。

「ちょっとそこまで行くぞ」

どこに行くともいわずに、ご隠居さんは歩き始めた。

三人は立ったままだ。柳太郎が歩き始めるのを待っているらしいと気がつき、先に歩き出すとようやく動いた。一歩ずつ確実に足元を確かめるような歩き方だった。

ご隠居の仲間はみなおかしな雰囲気を醸し出している。

通りに出ると、日本橋の喧騒が戻った。

空は曇っている。いまは梅雨の時期だからいつ雨が落ちてきても不思議ではない。先ほどの雨は上がったらしい。

そんな暗い空と同じような三人組が歩いている。

無駄口はない。

地底からでも出てきたのではないかと思えるようだ。

日本橋を渡り一石橋《いっこくばし》へと向かう。

裏河岸《うらがし》だけあって、魚屋が並び威勢のいい声が聞こえるなかを、ご隠居はまるで水の上でも歩いているように進んだ。三人組も同じような歩き方だ。

一石橋が見えてきた。手前は北鞘町《きたさやまち》。

目を遠くに向けると千代田《ちよだ》のお城が燦々《さんさん》と輝いている。

角にある黒板塀で囲まれた店に入っていく。

外には看板がなかった。店の名前がわからない。

歩く姿が不思議ならば、入っていく店も変なところだ。

飛び石がありそれを踏んで行くと、正面ではなくて右側に入り口があった。途中、鹿威《ししおど》しがあり灯籠《とうろう》がある。そんなに広いとは思えないのに不思議な佇《たたず》まいだ。

ピロピロと鳥の鳴き声が聞こえた。

戸口から建物のなかに入ると、上《あが》り框《がまち》がある。

そこに座ったご隠居さんは、手をぽんぽんと二度叩いた。

すぐ女中がやってきて、

「これはこれはご隠居さまでございましたか」

かなりの顔らしい。

すぐお部屋をご用意いたします、といいながら案内をする。

柳太郎も、後に続いた。

ていねいに拭《ふ》き清められている廊下から階段を上がり、通された部屋は窓からすぐ下に通りの見える部屋だった。

富士山や千代田城も目に入った。

部屋の真ん中には囲炉裏《いろり》が斬《き》られていて、自在鉤《じざいかぎ》がぶら下がり鉄瓶《てつびん》がちんちんと音を発《た》てている。

いつでも客が来てもいいように用意されているのだろうか。

梅雨の肌寒さには、しゅんしゅんと音をたてる鉄瓶の暖かさがありがたい、とご隠居さんは呟いた。


車座になってご隠居さんを取り囲む形になった。

吹き抜けになった天井に昇るような鉄瓶の音が、静けさを増長させる。

「さて……」

ご隠居さんが、見回した。

「この三人が助けになるからくり師たちだ」

「はぁ」

返答のしようがない。

「右からいこう。大工の善吉《ぜんきち》。真ん中が役者の音三郎《おとさぶろう》。最後が絵師の蘭月《らんげつ》だ」

最後は女か……。

半分驚きながら柳太郎は、女の顔をじっくり見ようとしたが、傘が邪魔になって面立ちはわからない。

「その笠はいつもですか？」

「顔は見ないほうが良いぞ」

「はて」

「惚《ほ》れたら困るからな」

にやりとご隠居さんは顔を歪《ゆが》ませた。笑ったのか皮肉なのかよくわからない。

「ついでに教えておこう。さっきお前さんが盗み見た狸の絵はこの者が描いたのだ」

「あ……」

知られている。このご隠居さんという人は千里眼《せんりがん》か、と呟く。

「似たようなものだ」

返事がありまた驚かされる。まったく何者なのか正体不明である。

「助けて欲しいのならそんなことは考えないことだ」

「はい？」

「心配するな。ただお前さんの表情を読んでいるだけだ」

「はぁ」

「よいか。本物の陰陽師になりたくば人の顔を読めるようになれ。目の奥を覗《のぞ》けるようになれ。体の動きでなにをしようとしているか判断できるようになれ」

「はぁ……」

なんだそれは？

「ほらほら。いま額がかすかに動いた。飲み込めぬという気振りだ」

「気振り……」

「それらしき動きのことをいう。気配ともいう。そぶりともいう。わかるか」

「はぁ」

こんなところで講釈をされるとは……。

「ほらほら、今度は瞼《まぶた》が動いた。目は口ほどに物を言う」

「ううむ」

もうどうにでもなれ、と思ったところで、ご隠居は全員にもっと側に寄れといった。

「銀次に取り憑いた狸を呼び出す」

それから、ご隠居は道灌山に仕掛けを作ると告げた。

絵師の蘭月には、背景を描けと命じた。どんな背景がいいのか、どんな絵を描けともいわない。ひとことで話は通じたらしい。蘭月は、小さく頷いた。

大工の善吉には狸御殿がありそうな山を作れと命じた。

これも詳しく指示はないのに、頷いた。

最後は役者の音三郎。

「大狸になれ」

「かしこまりました」

すべてそれだけであった。

「あの……私は？」

柳太郎が問うと、

「お前さんは、だまって銀次と対すればよい。そのくらいの力はありそうだからな」

「はぁ」

褒められたと思うことにした。

七

それから三日後のこと。

相変わらず、空ははっきりしない。

道端の草木もしおれている。

湿った空気が肌にまとわりついてやりきれず、気持ち悪さに柳太郎は旅籠を出てから、首をこきこきさせた。

ご隠居さんはさっきから待っている、とお道が迎えに来たのである。

どうやらお道は、ご隠居さんの番頭さんのような役割をしているようだ。

ご隠居さんの年齢はわからないが、お道から見たらおじいちゃんと変わりない。狸から依頼されたと聞いてもほとんど驚き顔をしなかったのは、このご隠居さんと付き合っているからに違いない。

頭を手拭《てぬぐ》いで巻き、手甲脚絆《てっこうきゃはん》と今日のお道の格好は、まるでどこか旅にでも出るようだった。

日本橋の北詰めに行くと、ご隠居さんと三人が待っていた。

三人は例によって塗笠を被ったままだ。

日本橋から柳原土手《やなぎわらどて》に行き和泉橋《いずみばし》を渡り御成街道《おなりかいどう》に出て不忍池を左に見て、谷中《やなか》の感応寺《かんのうじ》を過ぎ、佐竹右京《さたけうきょう》の下屋敷を通りすぎて道灌山に入った。

まだ、昼前である。

ここまで来ると空は明るい。

これからいかがわしいことを始めるには相応《ふさわ》しくない。

途中でご隠居さんに、あれこれ質問をしたがまともな返事はなかった。なにをするために、こんな昼前から道灌山に行くのか、まるで想像がつかない。

おそらくは仕掛けをするのだろうが、それにしては三人とも手にはなにも持っていない。

大仕掛をするにはあまりにも手ぶらではないのか。

からくりに関しては、自分はなにもしなくてもいいらしい。それだけが救いだ。

空には白い月が出ている。

こんな刻限に月が見えるとは、摩訶《まか》不思議だと思っていると、

「あまり見ないほうがよろしいですよ」

蘭月が側に来て囁《ささや》いた。

「はて。なぜだ」

「盗まれます」

「なにを？」

「あなたさまです」

「俺が盗まれる？　あの月に俺が盗まれるというのか？」

そうだとも違うともいわずに、蘭月は離れていった。

どういうことだ。

格好がおかしいだけではなく、思考まで不気味だ。

だが、この科白《せりふ》は使えるぞ、とも思う。

やがて、道灌山の切通しが見えてきた。

片側が崖《がけ》の狭い通り道だ。人がすれ違うときには、体を横にしなければならない。

三人組は一列になって渡っていく。

いかにもその統制がとれた動きが、ご隠居さんのヘラヘラしたものいいとはまるでつながってこない。それでも腕扱《うでこ》きが集まっているのだ、とお道はいった。

見たことがあるのかと訊くと、初めて会った人たちだという。

「それでも腕扱きとは？」

「ご隠居さんが連れてくる人たちに偽物はいませんから」

「そうとうな心酔ぶりだな」

はい、とお道はにこりとする。

蘭月とは女同士で早くも仲が良くなったらしい。

柳太郎と会話しながら、ときどき目で交流している。


切通しを過ぎ登っていくと広場のような場所に出た。

そこから江戸の町を見渡すことができた。

並ぶ屋根が小さく見える。

空を飛んで行きたくなるような景色だった。

「始めるぞ」

ご隠居さんが声をかけた。

「なにを始めるのです」

「決まっておる。からくりをこれから組み立てる」

「組み立てるといっても、なにもその材料がありませんが？」

「そこにある」

指差された場所に目を向けると、簡易に作られた小屋があった。そのなかに必要な物が入っているのだ、という。

見てみろ、といわれて柳太郎は莚《むしろ》で囲まれている一角からなかを覗いた。

なにやら、大小の材木や板のようなものが散乱している。

なかに入って、一枚だけ広げた。

「げ！　これはなんです」

大きな狸が、牙《きば》を向いてこちらを睨んでいる。狸にこんな牙があるのか？

「お望みを描きました」

蘭月が涼しい声で応じた。

絵の隣に、なにやら綿入れのようなものが置かれていた。ごろんとした茶色のそれはなんだ、と問うと、

「着てみますか」

音三郎という役者だという触れ込みの男から声をかけられた。

「着る？」

「ぬいぐるみです」

蘭月といいこの音三郎といい、どこから声を出しているのか。

口がほとんど動かない。

舞台に立つものがそんなことでいいのか、と思うのだが、

「私は舞台には立ちません」

「はぁ？」

「世間のなかで芝居をするのです」

「……よくわからん」

「そのうちわかります」

わかりたくもない、と思ったがそうはいわなかった。

話をしている間、ご隠居さんはぼんやりと遠くの空を見上げている。目的があってここまで来たのではないか、と思ったのだが聞いたところでまともな返答はないだろうと、柳太郎は黙っていると、

「よし、今日の夜がいいだろう」

頷きながら柳太郎の側に寄ってきた。

「よいか。失敗するでないぞ」

「はぁ」

「そんな馬鹿みたいな顔をするでない。お前さんは陰陽師なのであろう？　ならば空を見て天候を予測するものだ」

「ははぁ」

遠くの空を見ていたのは、天候の変化を見ていたのか。

「今晩は雨は降らぬ。すぐ銀次を呼ぼう。お道ちゃんに行ってもらおうか」

はい、と声が聞こえるような場所にはいなかったはずなのに、返事が聞こえた。

振り向くといつの間にか、お道は柳太郎の後ろにいた。

「なにをそんな驚いた顔をしているのです？」

「いや、なんでもない」

もう、こいつらはなにが起きても驚くわけにはいかないらしい。

「さて、組み立てるぞ」

腕まくりをしながらご隠居さんが合図をすると、三人が塗笠を被ったまま小屋の中に入って、それぞれ荷物を抱えてきた。

最初に運んできたのは大きな板だった。

見ているとあれよあれよという間に、崖の前に山が生まれてしまった。

山といっても、書割の山である。

いつの間にそんな絵を描いたものか。おそらくは蘭月が描いたと思えるのだが、これをわずか三日の間に書いたとしたら神業である。お道がいう腕扱きとはこのことか。

板は数枚に分けられていて、それが組み合わされた後ろは突っかえ棒で支えるようになっていた。

それらを三人とご隠居さん、それにお道がこまごまとしたところを手伝っている。柳太郎はなにをしたらいいのかわからない。どうして初めてのお道がやるべきことがわかるのか、それも不思議だった。

なにがなにやらわからぬうちに、そこには小高い山が一つ出来上がっている。

書割だと知らず遠目から見たら、確実にそこには小高い山があると思うことだろう。なるほどこれが大仕掛けか、と柳太郎は半分呆《あき》れながら、これに音三郎が狸のぬいぐるみを着るのだな、と得心する。

そうやって、土佐の大狸が出てきたよう見せるのかと思うと痛快な気分になった。

ご隠居さんと三人組は、いつの間にか姿が消えていた。

お道は埃《ほこり》だらけになった姉さん被りを外しながら、銀次さんを捜しに行きますといった。

一緒に行くかとその目が問うている。

もちろん否やはない。柳太郎は頷きお道の後ろを歩いていく。

空はご隠居さんが見立てたように降る様子はなかった。この時期は天候も気まぐれだが、ご隠居さんの言葉に負けているのではないか。

道灌山から降りるとそこは日暮《ひぐら》しの里だ。

秋になると周辺では日暮しが鳴くのだが、江戸に来たばかりの柳太郎はそんなことは知らない。

歩きながらお道が教えてくれたのだ。

八

空は暗くなったが、夕景がきれいに上野《うえの》寛永寺の伽藍《がらん》を紅に染めている。

道灌山から下りてもまだ江戸の喧噪とは離れている。

夕景さえも夜に起きることを予感させているようだ。

どこか景色が歪んでいるような雰囲気を感じるからだった。

江戸に着いた早々、とんでもないことに巻き込まれたような気がする。

最初は半分気まぐれだったのに、どうしてこんな大仕掛けなからくりまで手を出すことになったのか。もちろん自分が仕掛けで銀次に取り憑いている狸を追い出そうとしただけのことだった。

それがこんなことになるとは、誰かにはめられたのではないかと思えるほどだ。

はめられた？

まさか。だれが江戸に初めて出てきた俺を……。

柳太郎は、首を振った。

「いかがしました？」

心配そうにお道が訊いた。

「いや、なんでもない」

そういいながら、お道の顔を見つめる。

まさか――。

この娘が策を巡らせて自分をはめるわけがない。その必要もあるまい。

なにを考えているのか、と柳太郎は苦笑する。

日本橋に戻ると、お道はすぐそばにある自身番に入っていった。

ご隠居さんたちはどこにいるのかさっぱりわからない。

お道はそんなことは気にしていないらしい。自身番に入ると銀次が見回りに顔を見せたかどうか訊いた。

五十がらみの書役は、一度来たけどまたひと回りするといって出て行ったと答えた。その辺を歩き回っているのではないか、ともいう。

ここで待たせてもらいます、とお道は答える間もなく銀次の胴間声が聞えた。

頬になぜか血が付いていた。

理由を聞こうとしたお道が、かすかに目を細めた。

「どうしたんです？　その血は」

「なにぃ？　そんなものはついていねぇよ」

とぼけたのかそれとも、自分では気がついていないのか。

しかし、口の周りに赤い血がくっついている。その姿は禍々《まがまが》しい。

お道の言葉になにか気が付いたのか、おや？　という顔で銀次は自分で顔をぬ

ぐい、

「なんだい、これは」

自分では覚えていないらしい。どこでこんな血がついたのか、と怪訝《けげん》な目つきでお道を見てから柳太郎にも目を送った。

「犬でも食べてきたか」

柳太郎の戯言に、そうかもしれねぇ、と銀次はつぶやいた。

「近頃なぁ、おかしな夢をよく見ているんだ」

「といいますと？」

お道が訊いた。

「よくはわからねぇんだが、草むらのなかを歩いていたり、月に向かってじっと佇んでいたり、誰かを恋しがっていたり、そんな夢なんだがなぁ」

「ははぁ」

意味深な目つきで、お道は柳太郎を見た。

「親分、それは辛いだろうなぁ」

半分笑いながら、柳太郎はいった。

「親分さん。お願いがあります」

なんだい、と怪訝な顔をする銀次に、お道が今日の夜、亥《い》の刻道灌山に来てくれないか、と告げる。理由はなんだと問われたが、来ればわかるとしかお道は答えなかった。

「近頃、ご自分がおかしいと思っているのですよね？　でしたらその原因を知りたいと思いませんか？」

ご隠居さんにそう告げろ、といわれていたのだろう。

銀次は手についた血を見ながら、いいだろうと答えた。自分の身に何か起きているると本人も気が付いているらしい。

「道灌山に行けば、それがわかるんだな」

「それは、親分さん次第だと思いますが」

「……まぁ、いいだろう」

結局、銀次は道灌山に来ることになったのである。


予測通り雨は降らずに夜が来た。

しんしんと冷えた音が聞こえそうな夜だ。

ご隠居さんを筆頭に、三人組と柳太郎が道灌山に向かっている。お道はいない。戦いが始まるからだろうか。

どんなことが起きるのか、三人組の誰かに聞こうかと思ったが、どうせ返答はないだろう。

全員、小走りに進んだ。

途中、小川なのか掘割なのかよくわからない川を渡る。野の草を踏む音がした。

ご隠居さんはもとより三人組も提灯《ちょうちん》などは持っていない。闇《やみ》の中をひた走る。

柳太郎も闇は苦にならない。

「さすがだな」

途中、ご隠居さんが声をかけてきた。闇の中でも困っていないからだった。

「この程度は」

「できるか」

「修行はしてませんが」

「ふふ」

「ご隠居さんは、お名前を教えてくれないのですか」

「……訊かぬほうがよいぞ」

「はて、なぜです」

「理由があるからに決まっておるではないか」

「その理由を知りたいのです」

「だから、知らぬほうが良いというておる」

埒《らち》が明かず柳太郎は途中で聞くのを諦《あきら》めた。

「さぁ、そろそろだ」

ご隠居さんは三人組に合図をした。足の運びに力と速度が加わった。


切通しも昼と夜ではまるで趣が異なってる。

「まるで妖怪《ようかい》でも出そうな場所ではないか」

柳太郎がいうと、

「怖いのか」

ご隠居さんが馬鹿にする。

「まさか。物の怪《もののけ》、妖怪、化け物の類《たぐい》は金儲《かねもう》けの種なのでね」

「なるほど」

「だけど、今度はどうにも金にはなりそうにないなぁ。狸の頼みでは成功しても報酬はない。たとえ貰ったとしても、木の葉の小判では一文にもならんし。ご隠居さんたちにも無報酬になるのだがいいのだろうか」

「ふん。儂がそんな馬鹿なことをすると思うとは、まだまだ修行が足りん」

「というと？」

「心配するな。細工は粒々《りゅうりゅう》だ」

ご隠居さんは闇の中ですました声を出した。

九

いつの間にかご隠居さんの姿が消えた。

三人組も居場所はわからなくなり、こそりとも動く気配がない。

広場だけが浮かび上がっている。

今日は満月か？

そういえば十五日だ。

京の都と江戸の満月はなんとなく異質のように見えた。どこがどうと口でいえるものではない。空が違うのだろうか？　それともこれからからくりを見せるから、柳太郎の心がそんな気持ちになっているのだろうか。

そういえば——。

昼見た白い月もまん丸だった。

そうか、と柳太郎はひとりごちる。

満月を見ると人の気持ちがざわめく。

だから蘭月は月を見ていると、盗まれるなどといったのかもしれない。

組み立てた書割の山は、不気味な色合いだった。

昼とは違って見えるのだ。黒くそして緑で、また朱の山だった。

その上に満月が浮かんでいるのだから、禍々《まがまが》しいというしかない。

大工の善吉と絵師、蘭月の傑作だ。

残るは、音三郎がどんな姿を見せてくれるのか。

ふっと柳太郎は笑みを浮かべた。

あのひっそりとして、どこにいるのかわからぬ無口三人組のひとりが役者であり、狸の格好をする。

舞台ではなく、この世の役者だなどとうそぶいた音三郎である。

「ふ……初演が楽しみだ」

思わず口に出た。

ぽつねんとひとりで広場の中心に立っている。

と――。

足音が聞こえてきた。


十手を振り回しながら、銀次がやってきた。まだザキは表には出ていないらしい。いつ出てくるのかと待っていたが、銀次は持っている提灯をぐるぐる回しながら、人を探している様子だった。

柳太郎が近づいた。

書割の山とは反対側に銀次は立っている。

逆に行かせろとどこかからご隠居の声が聞こえてきた。まるで心のなかに聞こえるようなくぐもった声だった。

柳太郎は、銀次の側に行きおもむろに反対側に回るような動きを見せた。

銀次の後ろに書割の山が聳《そび》え立った。

どこかから龕灯《がんどう》でも当てているのか、月明かりとは異なる光が山を照らしているように見えた。

銀次はなんのためにこんなところに呼び出されたのかわからん、という顔つきで柳太郎を見てもぼんやりしていたが、目の色が黄色く光り始め、やがて瑠璃色に変化した。

きたな――。

柳太郎は呟いた。

ザキが表に出てきたらしい。

「なんだこれは?」

「土佐の大狸さまがやってきたと思えばいい」

「ふん。馬鹿な、そんなことがあるわけねぇ」

「どうしてそう思う」

「どうせ妹がそんな話をお前に頼んだのだろうがなぁ」

わっははと腹を叩いた。

「まぁ、よい。後ろを向いて見ろ」

「後ろ?」

ぶつぶついいながら、銀次の体を借りたザキは体を重たそうに動かした。のろのろとまた異なる動きだった。どうしてこんなことをしなければいけないのかと言う面倒くさそうな顔だった。

柳太郎の目には、後ろの山が見えている。

龕灯の光が動くたびに、山の色が変化する。

真紅。

緑。

黄色。

月明かりと相互作用なのだろう、その変化はまるで舞台を見ているようである。山はいま黒く溶け込んでいる。その色合いと混じり合い幻想のなかにいるようである。

柳太郎からは銀次の後ろでなにが起きているのかはっきり見えていた。

「大狸さまだ」

声を掛けると、後ろを向いた銀次が体を硬くした。

後ろの山裾《やますそ》からどろどろと不思議な音が聞こえ、さらに白い煙のなかからなにやら丸いものが見えてきた。それがなにかの姿とはっきりするまでしばらく間があった。

銀次は、阿呆《あほう》のように口をあんぐりと開けている。

「ま、まさか……う、嘘《うそ》だ、嘘だ、嘘だ、そんなはずがない！」

銀次のザキが叫んだ。

その慌てぶりは尋常ではなかった。

そこにはまさに大狸が腹を膨らませて、真紅にさせた色の目をこちらに向けていたからだった。

柳太郎が見ても、本物ではないかと思えるほどの出来具合だ。まさかここまでとは。

大狸は足を動かしていないのに、まるで水の上を滑るようにこちらに向かってきた。思わず柳太郎は、わっと叫んでしまった。

銀次のザキは、その場にへたりこんだ。

その瞬間、おかしなことが起きた。

銀次の体が崩れ落ちた。

月の光がその体を舐《な》めている。

「出たか」

柳太郎がにやついた。出てきた狸はそれほど大きくはない。首のところに赤い印のようなものがあった。

目が深紅である。

その目は恨みというより、こちらを馬鹿にしているように見えた。

「誰を殺すつもりだったのだ」

柳太郎が訊いた。

「よけいなお世話だ」

「なにかがおかしい」

「ふん」

「おまえは本当は誰だ」

「ザキだといってるじゃねぇかい」

「違うな。その目の変化はどこかで見たことがある。おまえはひょっとしたらザキではなくミロではないのか?」

「ばかなことを」

「ミロだな、いや、ミロを騙《かた》る偽狸だ。俺の目は騙《だま》せぬ」

後ろから大狸が近づいてきた。

「カツ!」

大音量が響いた。

ザキを騙っていた狸は頭を抱える。音三郎がなにをやったのか柳太郎にはまるでわからない。

だが、その仕掛けは確かに狸に影響を与えていた。ブルブル震えてその場にしゃがみこんでいる。その姿は体つきは大きくなっているが、確かにミロであった。

「やはり、お前はミロか」

頷きもできずにうずくまったままだ。大狸がそれほど怖いのか、と柳太郎には不思議な気持ちしかしない。それでもこちらを伺っているのは隙《すき》があれば、逆転を狙《ねら》っているのだろう。

それを感じた柳太郎は、懐から矢立《やたて》を取り出し、サラサラと何か書きつけると、それを狸の前でひらひらと見せた。

「うぉー！」

その書付を見た途端、狸の顔が歪み、体がねじれ、目が真っ白になった。毛は逆立ち手足の爪《つめ》がいきなり長くなったと思ったら、今度は急激に短くなったではないか。

のたうちまわりながら喚《わめ》き散らす狸の姿を見ながら柳太郎は冷ややかな目を送

る。

　しばらく見下ろしていた柳太郎は、周囲に目を向けてご隠居さんたちがいるかどうか確かめたが、どこに隠れているのかまるでわからない。

　目の前の狸は、まだのたうちまわりながら喚く力もなくなったようだった。

　さらに数呼吸待つと、柳太郎はおもむろに狸の前にしゃがんだ。ザキと名乗っていた狸は、目をねずみ色に変えている。力がなくなったようだった。

「お前の本当の正体は誰だ」

「名前などない。誰もつけてくれる人はいなかった。だからおれはやつらがうらやましかったのだ。だから、なんとかあの兄妹を困らせてやりたいと思ったんだい」

「ちょっとまて、お前はまだ子狸か」

「そんなことはどうでもいいじゃねぇか」

　名無しの狸は涙を流している。体を大きく見せていたのは、はったりだったらしい。自分がまだほんの子狸と知られるのが嫌だったのであろう。

「おまえと兄妹とは、どんな関係だ」

「同じ山で育った仲間だ。だけどおれには両親がいない。だから名前をつけてもらえなかった。いつもひとりぼっちだった。なんとか仲間に入りたかったんだ」

「そうか」

はぐれ狸だとは知らなかったと、柳太郎は答えた。

ご隠居さんたちはすでに姿を消していた。大狸も山もなにもかも消えている。まさに神業としか思えない。

柳太郎は、この子狸をどうしたらいいか考えた。このまま山に戻してやってもいいとは思わない。人を騙そうとしたには違いない。しかも柳太郎を利用しようとした。そのままにはできない。

「話を訊いた限りでは可哀想だとは思うが、このままにしておくわけにはいかん。さて、どうするか」

子狸は、灰色の目を柳太郎に向けている。どんなことをされても仕方がない、と観念しているようだった。

「その前に、名前をつけてあげよう」

子狸の顔が一瞬明るくなった。灰色の目に光が差した。

「どんな名前がいいかな?　権太郎《ごんたろう》というのはどうだ。江戸風でなかなかいいと思うが」

「権太郎……つけてもらって贅沢《ぜいたく》はいいたくはないんだけど」

「不服なら、やめてもいいんだぞ」

「い、いや。いい。それでいい。おれはこれから権太郎だ」

「そうだ、おまえはこれから権太郎だ」

権太郎だ、権太郎だといいながら、子狸は転がり回り始めた。どんな名前でもいいままでなかった名前がついたのだ、うれしいのだろう。だが、それだけで終わらせては本人のためにならない。

「土佐に行け。土佐の大狸のところに行って、修行してこい」

「さっきの大狸様か？　あれは怖すぎる」

「大丈夫だ。さっきは、お前がよけいなことをしようとしたからあんな風にお怒りになったのだ。真剣に修行をするといったら、大狸様はやさしい」

「本当か？」

「間違いない。まずは人の言葉を信じることから始めるんだな」

権太郎となった子狸はなかなか納得する顔つきにはならないが、最後はわかった、と頷いた。

十

はらはらとなにかの花が舞っている。

梅雨はまだ続いている。しとしとと雨の音が店の外から聞こえている。

そば政には、中庭がある。雨に打たれた樹木の葉が揺れている。

柳太郎はご隠居さんと一緒だった。側にお道がいる。三人組はいない。

「うまくいったな」

ご隠居さんがにやりとする。膳《ぜん》が置かれてちろりと杯が乗っていた。酒の肴《さかな》は豆腐だ。

「おかげさんで。なんとかなりましたが、どうにもわかりません」

「なにがだ」

「みなさんはどうやって、あの場所から消えてしまったんですか」

「ふん、そんなことか。まぁ、今後のために宿題とでもしておけ」

「はぁ」

人を食ったご隠居さんである。

「で、あの子狸はどうなったのだ」

「え？　子狸と知っていたのですか」

「銀次から出て来たときに、気がついた」

さすがただ者ではない。

柳太郎は権太郎と名付けたことや、土佐に追いやったことなどを説明した。お道は、素直に土佐に行ったのですか、と問う。まぁ、呪符を持たせたから心配はない、と柳太郎は笑う。じつのところそんなことに効く呪符などないのだ。一度、懲らしめられたからそのときの思い出を破ることはできないはずである。

白い月がうっすら姿を見せている。

「でも、あの子狸はなにをしたかったんでしょうねぇ」

お道が不思議そうな顔をする。

「あの子狸は仲間が欲しかっただけで、それ以上のことをやろうとしたわけではないのだろう。兄妹の両親が狸汁にされてしまったのは本当のことらしいがなぁ。その敵を討ちたいと兄妹が嘆いていたのを聞いて、こんな狂言を考え付いたらしい」

「では、最初から仇討ちなどは……」

「方便だ。誰も自分を振り向いてくれない。だから、なにか世間をあっといわせたかった」

「ただ、それだけ？」

わっはは、とご隠居さんが大笑いをしながら、

「人も狸も考えることは同じということだ」

「寂しかったんでしょうねぇ」

「そういうことらしい」

最後はしんみりしてしまった。

「でも、ひとりで二役を騙るなんて、子狸にしては知恵が回ったものですね」

「その知恵を四国、土佐でいい方向に向けたら、将来は大狸として君臨することができるかもしれんぞ」

ご隠居さんは、にやにやしている。

「ところで柳太郎さんは、どこで二役だと気がついたんです？」

「眼の色だ。ミロと話したときにもザキは同じ眼の色をしていた。それと、ミロのときには体を見せなかった。大きさがばれたら困るからではないか、と推量し

てみただけなんだが」

「当て推量ですか？」

「そうともいうらしい」

まぁ、とお道は呆《あき》れ顔をすると、ご隠居さんはまたもや大きな声で笑い転げる。

「陰陽師などといっても、その程度のものだということさ」

がっはははは、と地響きのような笑い声が、そば政の中庭に響き渡り続けている。

二話　謎のぼんぼり屋敷

一

灰色の梅雨空《つゆぞら》が、数日前から初夏の青に変わった。

ここ江戸は日本橋の旅籠《はたご》、扇屋の二階では柳太郎に客が来ていた。

「ありがとうございました」

銀鼠《ぎんねず》の着物を尻端折《しりつぱしよ》りにして、ていねいに頭を下げたのは銀次だった。

以前は乱暴者として通っていた銀次だが、いまは仏壇の親分として名を知られるようになっている。

つい先日まで狸《たぬき》に取り憑《つ》かれて窮地に陥っていた。

もちろん本人は気がついていなかった。

それを救われたと柳太郎に挨拶《あいさつ》に来ているのである。

小狸に取り憑かれているときは、瞳になにやらおかしな険があったが、いまは
それもすっかり取れて、むしろ垂れ気味の目で十手《じって》を懐《ふところ》に隠しながら、柳太郎の
前に座っているのだった。

　窓から初夏の風がふんわりと入ってくる。

一緒に、なにかの花びらが迷い込んできた。

薄桃色をした花びらだった。

何度か部屋の隅まで舞いながらふわふわと翻っていった。

「よかったな親分」

その花びらを見つめながら、柳太郎は笑みを浮かべる。

「へぇ、まったくです。あのまま狸に取り憑かれていたら、いま頃、狸汁にされ
て誰かの胃袋のなかで泳いでいたかもしれませんや」

「まさか」

「江戸はなにが起こるかわからねぇところですぜ」

「ほう」

「近頃もね」

銀次は眉《まゆ》をハの字にして、

「困った事件が起きているんでさぁ」

「まぁ、酒でも飲め」

まだ未《ひつじ》の刻を過ぎたばかりだというのに、膳部《ぜんぶ》には酒が載っていた。

酒の肴《さかな》は蕪《かぶ》だった。

日本橋からすぐそばに京橋《きょうばし》がある。ここは大根河岸《だいこんがし》と呼ばれて葛西《かさい》など近在の農家が作った野菜が降ろされるところだ。だからこの界隈《かいわい》では野菜が豊富である。

部屋はほとんど装飾がないために、一見殺風景だが床の間がありそこに設置された違い棚の上には、柿右衛門《かきえもん》の茶器が飾られている。それだけで部屋がぐんと締まっている。

床の間を後ろをにして、脇息《きょうそく》を前にした柳太郎はなんとなくだらしない格好で銀次に対していた。

「柳太郎さん」

「酒か？」

「話を聞いてくれますかい?」

「狸汁とはうまいのか?」

「そうではなくて、かどわかしですよ」

「狸がかどわかしにあったのか」

「そうじゃなくて」

あぁ、じれってぇと銀次は膝《ひざ》を叩《たた》いた。

「そうじれるな。聞いておる」

「さいですかい。では続けますけどね」

銀次の話はこうだ。

子どものかどわかしの話だといいながら酒を注《つ》ぐ。

話を聞いたのは、竹屋渡《たけやのわた》しだった。

客が集まる小屋の前を通っていたとき、六尺棒を抱えた川番の役人が数人で会話を交わしていた。

かどわかしの言葉が聞こえて、銀次は気になったのである。

詳しく聞いてみたら、愛宕下《あたごした》の長屋に住む七歳になる男の子が神かくしにあった、と大騒ぎをしている。

最初は迷子になったかもしれないと両親や長屋の連中は考えたらしい。自身番を回ってみても、それらしき子どもの姿はないとの返事しかもらえなかった。

子どもの名前は八助《はちすけ》というらしい。

元気な子でひとり遊びをする姿をときどき見られているほどだった。だからこそ、

「知らぬ町までひとりで遊びに行き、迷子になって戻れずにいるのではないか」

と近隣の者たちは自身番を歩き回ったのである。

「八助の家は愛宕《あたご》神社のすぐ側《そば》です、といっても知らねぇか……一緒に行きますかい？」

「ふむ……いや、だいたいはわかる」

そういうと立ち上がった。

銀次も腰を上げようとすると、

「親分はちょっと待っていてくれ」

「へ？　どこへ？」

「見てくる」

「なにをです」

答える前に、いきなり柳太郎の体が目の前から消えた。

旋風が残り銀次の髪の毛を逆立てた。

「な、な、なんだいまのは？」

かまいたちにでも襲われたのではないかと銀次は頬《ほお》に手を当てたが、傷はない。しかし、目の前から柳太郎の姿は消えている。

「か、神かくしか？」

大人が、しかも御用聞きの前で神かくしが起きた、と銀次は慌てる。

だが、またびゅうと旋風が起きて、

「いや、すまぬ」

気がついたら柳太郎が、脇息に肘《ひじ》を当ててだらしない格好をしていた。

「川にでもはまったのではないかと訊《き》いてきたが、子どもの土左衛門《どざえもん》はここんところないらしい」

「はい？」

なんのことやら銀次は目を丸くしている。

「ちと術を使ったのだ」

「術、ですかい？」

「韋駄天《いだてん》の術をな」

「はぁ……」

　意味がわからねぇ、と口をへの字にする銀次に、

「あまり深く考えるな。とにかく話を聞いた限りでは川に落ちたということはないらしい。ということになると……」

「へぇ」

　銀次はとんぼが目の前で手をぐるぐる回されているような目つきのまま、ぼんやりしている。

「やはり誰かがなにかの目的をもってかどわかしたと考えたほうが筋は通る」

「ほえ……」

　親分……と柳太郎は銀次の目の前で掌《てのひら》をひらひらと振った。

「旦那《だんな》……旦那は陰陽師《おんみようじ》ですねぇ」

「ふむ」

「いったい、どんな術が使えるんです？」

「さぁなぁ。自分でもわからぬ。ひとつはいまの韋駄天の術だな。それに失《う》せ

物、人探しなどは得意であるぞ」

「では、子どもたちのかどわかし先もあっさりと観《み》えるんですね」

「理屈ではそうなるが、この世の中そうそう簡単ではないのが玉に瑕《きず》なのだなあ」

「……ということはわからねぇんですかい」

「そうともいう」

「あまり頼りにならねぇような」

「なんだって？」

「独り言です」

「そんな大きな声でいったら聞こえておるではないか」

「さいですかい」

そこに、音三郎が入ってきた。墨色の羽織に塗笠姿だ。

どうしていきなりこんなところにこの男が来るのか、これも疑問だ。ご隠居さんに行けとでもいわれたのだろうか。なにしろ三人組の動向は謎《なぞ》だらけである。

「死体があがりました」

声がよく響く。

目は塗笠の陰に隠れているので、はっきり見えない。それでも、音三郎がいる場所だけ、ほんのりと明るく見える。

銀次が十手を取り出し、掌をグリグリと押し回した。

「八助という名前で、見つかったのは、神田川《かんだがわ》の和泉橋近辺です。その八助は親と一緒にときどき本所にいっていたこともわかっています」

「本所のどこです？」

銀次が訊いた。

「ぼんぼり屋敷と呼ばれるところらしい」

「はぁ？」

「屋敷の周りにぼんぼりがぶら下がっている」

「なんだそれは」

「手習いなどを教えている」

「はぁ……で、死因は？」

それは、はっきりしていないという。

ただ、首に誰かに齧《かじ》られたような傷があったらしい。まるで獣か妖怪《ようかい》に喰《く》いつかれたように見えたという。検視の役人も首を捻《ひね》っていたらしい。

そんなことがあるのか？

それだけ告げると、音三郎はいつの間にか姿が見えなくなっている。

まるで煙のような男である。

「行ってみますかい？」

死体があがったとあっちゃぁ、じっとしているわけにはいかねぇ、と銀次は腰を動かしている。

「行こうか」

「じゃ、行きましょう」

ふたりは部屋を出て階段を降り、扇屋から外に出た。

二

柳太郎はまず、本所のぼんぼり屋敷なるところへ行こうといった。

本所は掘割の町だ。

縦横無尽に水が流れている。

さらに乱暴者が多いことでも知られ、それは深川の歴史と深い関係があった。

埋め立て地のため、あちこちから人足が集められたおかげで、荒くれ者が大勢入り込んできたのである。

遊廓《ゆうかく》も並んでいる。

俗に深川七場所という。

若い男たちが集まると自然に女が集まるのだ。

荒くれ風の男に若い女が小突かれていた。遊廓から脱げ出そうとしたのかもしれない。

ぷんと、どぶの臭気が漂ってきた。

見ると疎水の上に鼠《ねずみ》の死骸《しがい》が流れていた。

「嫌な感じだぜ」

鼻をつまむような仕草をしながら銀次がいった。

「旦那はどう見立てます？」

「さぁな、まるで予測はつかん」

「あのご隠居さんならどうでしょう」

ご隠居さんか――。

柳太郎は、あの無口なのか辛辣《しんらつ》なのか、力があるのか怠《なま》け者なのか、それぞれ半々のご隠居さんの顔を思い出した。

「呼んだかな？」

「え！」

本人だった。

「どうしてここへ？」

「私がいたら悪いか」

五尺そこそこの背丈しかないと思える顔が、下から覗《のぞ》き見た。

「いや、そうではない。そうではないけど」

まったく神出鬼没である。どうしてここにご隠居さんがいるのか？

「この界隈《かいわい》に仲間でもいるんですか？」

「お前さんがいるではないか」

「いや、それは話が違う」

変なのは、ご隠居さんだけではない。

からくり三人組は無口の集まりである。

必要以上の言葉は発しない。

三人ともいつも塗笠を被《かぶ》っている。

女がひとりいる。顔を傘で半分隠してるからはっきりは見えないが、女の名前は蘭月といい、ぱっと見かなりの美形である。

柳太郎としてもできれば、懇意になりたいと願っているのだが、相手にその気はなさそうだ。

実にもったいない。

どうしてあれほどの美形があの意味不明のご隠居さんなどと仲がいいのか。

世の中蓼《たで》食う虫も好き好きとはいうが、ご隠居さんとはそのような、惚《ほ》れた腫《は》れたの仲ではないだろう。

「なにをそんな馬鹿面《ばかづら》をしておる」

「あ、いえ。別に」

まさか蘭月とご隠居さんとの仲を疑っているとはいえるわけがない。

「さぁ、ぼんぼり屋敷に行こう」

返す言葉がない。

ご隠居さんの神出鬼没をどう考えたらいいのか、柳太郎は頭が混乱する。

ご隠居さんは柳太郎の思惑などどこ吹く風と、銀次に話しかけては、ふんふんと頷《うなず》いていた。

ふたりの会話に遅れては困る。柳太郎は近くに寄った。ふたりは、まるで旧知のようである。いつの間にそんなに近づいてしまったものか。

「親分は屋敷を知っておるのか」

ご隠居さんの声だった。

柳太郎は耳を澄ます。

「へぇ。謎のぼんぼり屋敷って近所のものはいってるそうですぜ」

なんだ、それは？

「本所の小名木川《おなぎがわ》沿にあるらしいですが、あっしもまだ見たことはありませんです、へぇ」

「行こう」

「はい？」

「行くんだよ」

ご隠居さんは、すたすたと歩き始めた。

その方向が小名木川の方向なのかどうか柳太郎には知るすべがない。

とにかく、ふたりに付いていくだけである。

「暑いな」

手ぬぐいを懐から出してご隠居が呟《つぶや》いた。

確かに汗が額から流れ落ちる。

だが京の蒸し暑さに比べたら、風があるだけまだましだった。

三

小名木川近辺は、どこか湿っぽい感じに包まれていた。

春から夏にかけての変わり目なのかもしれない。

柳太郎はわずかに花の香りを嗅《か》いだ。もちろんその香りがどんな花の名前なのか、そこまでは知らない。

それでも、初夏の馥郁《ふくいく》とした香りに包まれているような気持ちになれた。

「ぼんぼり屋敷とはまた風流ではないか」

かすかに背中を曲げながら、ご隠居さんがいった。

「そうですかねぇ。あっしにはただの気持ちの悪い屋敷にしか思えませんが」

銀次はいたって目の前のことをそのまま感じる類《たぐい》の男だ。

新大橋《しんおおはし》を渡って、大川沿いに万年橋《まんねんばし》を通って左に折れた。

小名木川沿いに進んでいく。

左には松平出羽守《まつだいらでわのかみ》の大きな下屋敷があり、その前は町家だった。

さらに直進すると、高橋。

たかばし、と読む。銀次が教えてくれた。

確かに太鼓になった橋はやたらと橋桁《はしげた》が高い。

そのあたりは海辺大工町《うみべだいくちょう》。

そこから右に目を向けると、大きな黒い屋根が見えた。

霊巌寺《れいがんじ》という寺の屋根らしい。

京の街はあちこちに神社仏閣がある。そのせいか寺の伽藍《がらん》を見るとふと安心する。

銀次が目についた自身番に入った。そこでぼんぼり屋敷のことを訊いてくるつもりらしい。

ご隠居さんは、水茶屋の前に出ている長床几《ながしょうぎ》に腰掛けて、煙草《たばこ》を吸い出した。

携帯用の煙草盆を取り出し、ぽんと煙管《キセル》を打ち付ける姿は、まさに絵に描いた江戸っ子がそこにいるようだった。

ご隠居さんの姿を見ながら薄ぼんやりとしていると、

「また馬鹿にされますよ」

不思議な声が聞こえた。地の底から響く声のようだ。

「蘭月さん」

例によって、塗笠をかぶっているので顔半分は隠れたままである。

黒っぽい小袖《こそで》に裁付袴《たつつけばかま》。

袖なし羽織を着ているから、ちょっと見ただけでは小柄な男という風情である。

音三郎にしてもこの蘭月にしても、音無しの構えでもしたら、相当な腕だろう。

柳太郎が周囲を見回していると、

「私だけです」

伏し目がちに教えてくれた。もっと明るくなれないものかと思うが、これが蘭月さんの基本流儀なのだろう。

どう見ても目立つ格好だ。

町行く人たちの視線は気にならないのか、と思うのだが本人はどうなのか。

最もそんなことを気にしているなら、真っ黒に塗笠姿などしていないはずである。

「なにをぶつぶつといってるんです？」

銀次が自身番から戻ってきた。ご隠居さんはまだ優雅に煙草を吸っている。銀次がそちらに寄っていった。

立ち上がると同時にご隠居さんは、雁首《がんくび》をぽんと叩《たた》いて銀次を見る。

蘭月は動かずにじっとしている。

銀次の口の動きと指先を見ると、ぼんぼり屋敷の方向を教えているようだ。

掘割を流れる水の匂《にお》いがときどき漂ってくる。

光りはほとんど真夏に近くなった。

汗が額から首の周囲を濡《ぬ》らすのだろう、ご隠居さんはしきりと手ぬぐいを使っている。

土地鑑のない柳太郎には、いまどのあたりにいるのか見当もつかない。

銀次について行くしかないのだが、どうせなら蘭月と並んで歩いたほうが楽しいに違いない。だが、会話が成り立たないのが玉に瑕である。

隅田川《すみだがわ》とはまた違った水の匂いが漂っている。

荷足《にた》り船《ぶね》が数隻並んで流れていた。

「ぼんぼり屋敷ができたのはいつからなのだ」

柳太郎の問いに、銀次はそれがいつできたのか、誰が住んでいるのかもよくわからねぇ、と答えた。周囲に住んでいる連中も知らぬ間に建っていたというのだ。

そんな馬鹿なことがあるものか、と思うのだが、

「まるで霞《かすみ》のなかから突然、現れたという者もいましてねぇ」

それでは化け物ではないか。

「まぁ、化け物屋敷ですから」

といっても白塗りの女の幽霊が出てくるとか、狸に騙《だま》されたとか、大入道が住んでいるということではない。

ようするに、屋敷の住人の正体が知れぬからそんな呼び名になったということらしい。

ただ、ここ最近は屋敷に異変が起きたのではないか、と自身番にいた町役人が教えてくれた。

行灯《あんどん》の油を舐《な》める音が聞こえてきた、などという者もいて、どこまでが本当な

のかはっきりしない、と銀次は頭を掻《か》く。

浄心寺《じょうしんじ》や霊巌寺など大きな寺の屋根が天に突き出ている。

ほんのりと抹香臭い香りが漂うなか、ご隠居さんを筆頭に、柳太郎、銀次、そして蘭月の四人は霊巌寺の裏手に出た。

その辺りは人の流れも途切れてしんとしていた。

ぼんぼり屋敷のなかでは、手習いやら剣術を教えているらしい。

それにしては、近所には子どもの姿が見えない。

銀次は道々、話を続ける。

「ぼんぼり屋敷に住んでいる夫婦がいるんですがね、このふたりには子どもがいない。だから養子を迎えようとしたというんでさぁ」

「それとかどわかしとの関わりはまだわからんな」

ご隠居さんが答える。

「へぇ、それはそうなんですが、十日ほど前、子どもの声が聞こえ始めたというんです。夜中には泣き声も聞こえていたらしいんで」

それが二日前ほどからまったく子どもの気配が消えてしまった、というのだった。

話をしている間に、屋敷の前に着いた。

垣根に囲まれている門の左右にはぼんぼりが下がっている。

人がいるかどうか聞いて来ますと、銀次が屋敷に向かおうとしたが、ご隠居さんは柳太郎にお前さんも来いと手を振った。拒否する理由もなく、柳太郎は銀次の後をついていく。

蘭月は、門の前でここでお待ちしますと足を止めた。

夏草の匂いが充満する中庭を進んだ。

木々にぼんぼりが下がっている。ぼんぼりの柱廊だ。

夜になるとこれに灯《ひ》が入るのだろう。暗い闇《やみ》にぼんぼりが浮かび上がって、幻想のような世界が広がるに違ない。

背の低い樹木が等間隔に並んでいる。その間に止まり木が数個見えている。

いまはしんとした静けさに包まれている。

ご隠居さんは、低い背中を丸めながらひょこひょこと歩く。

銀次は懐から十手を出して背中に挟んだ。いざというときにすぐ取り出せるようにとの用意だろう。

柳太郎は、ふたりの後を歩きながら周囲に目を配る。

戸口に着いたとき、銀次が訪《おとな》いを乞《こ》うと、しばらくして返事が聞こえた。

若い女が出てきて、ていねいに挨拶をする。

子どもの声は聞こえてこない代わりに、犬の鳴き声が奥のほうから届いた。犬というよりは、大きな熊の声に似ていた。不気味である。

娘は小太りではあるが愛嬌《あいきょう》のある顔であった。

銀次は少し気おくれした声で、この屋敷で子どもが消えたという噂《うわさ》を聞いたのだが、と尋ねる。

娘はかすかに眉を顰《しか》めながら、そんな話はありません、と答えた。嘘《うそ》をついている様子は見えない。

ご隠居さんは、いきなりそこから離れて奥へと勝手に入っていく。娘はそちらはやめてください、と声をかけたがまったく無視である。

途中、ふと足を止めて柳太郎に目線を送ってきた。

呼ばれているらしい。

俺も行くのか――。

口のなかでぶつくさいいながら柳太郎はご隠居さんの後を追った。

娘は諦《あきら》めたのか、止める言葉はなかった。

残された銀次は、娘にちょっと話を訊きたいと声をかけている。ご隠居さんと柳太郎の動きを邪魔しないようにとの配慮《はいりょ》だろう。

奥に行くと庭に出た。

外から見えた垣根に囲まれ、中心部分は地面がむき出しだった。そこで剣術を教えているのだろう、そちこちに足で擦《こす》った跡が見えている。

大きな楓《かえで》の木の下に床几が伸びていた。

男がぼんやりとその床几に座っている。総髪姿で野袴を履いている。腰には脇《わき》差《ざし》も見えた。

手にはなにやら帳面を持っていて、書物をしているところらしい。

ご隠居さんはすたすたと側にいって、帳面を覗きこんだ。

「なにを書いているのかな？」

「……あなたは？」

「いや、すまん。こいつは賀茂柳太郎という陰陽師だ」

自分は名乗らず、柳太郎を指さす。

慌てて柳太郎は一歩前に出て、自ら名乗った。

総髪の男は、怪訝《けげん》な顔をするが

「陰陽師のかた？　そんなかたがどのような用でしょう」

「いや、すまぬ」

勝手に入ってきたのはご隠居さんだが、自分も同じようにここにいるのだから謝るしかない。男は総髪を手で撫《な》でるような仕草をしながら、

「陰陽師ということは、誰かを探しているですか」

江戸の陰陽師などはその程度の認識なのである。

「まぁ、そんなところです」

ご隠居さんは、なにも喋《しゃべ》らないために柳太郎が応対するしかない。

そこに銀次が困り顔の娘と一緒にやってきた。

とんでもない連中が来たものだと娘にしても総髪の男にしても、心で罵倒《ばとう》しているに違いない。

総髪の男が子どもたちに手習いや剣術を教えているのだろう。

物腰は柔らかいが、その目つきはけっこう鋭い。

剣術の腕もありそうだった。

まさか狸や狐《きつね》などに取り憑かれているわけではないだろう、と柳太郎は目を細めて呼吸を整える。

獣などに取り憑かれているときは、臭気を感じるのだ。

だが、男に物《もの》の怪《け》の匂いはない。

佇《たたず》まいに胡《う》散《さん》臭《くさ》さもなかった。

人は読めない人間を前にすると、警戒するものだが、ご隠居さんはまったくそのような思いはないらしい。

「この周りで噂があるんですが、知ってますかい？」

銀次が聞いた。

「さぁ、どんなことかな？」

年齢は四十少し前あたりか。白髪が少し鬢《びん》のところに見えている。

「この屋敷で子どもの泣き声を夜中に聞いている者が大勢いるんだがなぁ」

「それがなにか？」

「そいつが近頃聞こえなくなったってぇ話なんだが？」

下から見上げるような目つきはまさに御用聞きだ。普段とは異なる物腰である。

「それは噂でしょう」

総髪の男は、鼻であざ笑った。

「噂にはときどき真実があるもんだぜ」

「それはどうですかねぇ」

「で、おめぇさんの名前はなんだい？」

百坪以上ある屋敷に住んでいるのだ。裏があるのではないか、と疑われても仕方がない。

男は隠居してここは寮として使っていると答えた。

寮といわれると確かにそんな風情がないでもないが、それにしては剣術を教えているのは剣呑《けんのん》ではないか。

名は友之介《とものすけ》と答えた。

いまは弟の良治《りょうじ》が店を継いでいるという。店について詳しくは頑として答えようとしなかった。理由を訊いたが隠居したのだからもう関係ない、の一点張りである。

この寮と弟夫婦とは関係ないからというのである。面倒が起きたときに迷惑をかけたくないとも答えた。銀次もそれ以上は追及しない。どうせ調べたら弟夫婦の居場所は判明する。

そのくらいのすべを銀次は持っているはずだ。

問題は、目の前にいる友之介という男がなにか企《たくら》んでいるのではないか、という疑いを持たせるに十分な雰囲気を持っていることだった。

第一、質問に対してはっきり答えようとしない。はぐらかす。目をそらせる。これだけでもなにか企んでいるのではないかと思わせる理由は十分だろう。

銀次は、なんとかして友之介から子どもについて訊き出そうとしているが、なかなか尻尾《しっぽ》をつかめずにいる。

尻尾があるかどうかもまだはっきりしない。

四

銀次がどれだけ問い質《ただ》しても、友之介は眉も動かさずに知らぬ存ぜぬを続けた。

銀次は途中で嫌気がさしたらしい。

ご隠居さんも、もういいだろうと言い出したために、三人はその場を離れた。

銀次はなんとなく腑《ふ》に落ちない顔を続けているが、

「まぁ、あんな面倒な男はそのうち尻《しり》を見せる」

ご隠居さんがいう。

「そうですかねぇ。ですがなにも成果はありませんでしたぜ」

銀次は十手を手で弄《もてあそ》んでいる。

屋敷を出ると、待っていた蘭月と一緒にご隠居さんは帰っていった。

なにをしに来たのだ？

銀次は柳太郎の顔をみるがもとより柳太郎にしても、ご隠居さん三人組の行動は予測しかねるから首を振るしかない。

これじゃ埒《らち》が明かねぇ、と銀次はちょっくら番屋に行ってあの友之介という野郎のことを調べてきます、と離れて行ってしまった。

ひとりになった柳太郎は、土地勘がないのだとひとりごちるが、誰も聞いてはいない。

日差しはまだ強く、雲はそれほど流れていない。

風がないのだ。

それだけに、体にまとわりつく汗が気持ち悪い。ご隠居さんが手拭《てぬぐ》いで額や首周りを拭っていた気持ちがわかる。

道端の草木も熱で頭を下げているように見える。

軒下で熱を逃がそうとしている棒手振《ぼてふり》がこちらを見ている。

柳太郎は、道がわからないからのんびりと、どちらに行くともなく歩き始めた。地面には雨が降った後のくぼみがときどきあり、それを避けながら歩く姿が面白いのか、木陰で遊んでいた子どもが笑った。

ふと、気がついて柳太郎は子どもの輪のなかに入っていく。

「ちょっと教えてくれないか」

「………」

子どもは、男の子がふたり。ひとりはつんつるてんの着物を着て、眉も目も逆さ八の字になって、いかにもこまっしゃくれた顔をしている。

もうひとりは、おっとりと顔を上げたから、気質の違うふたりらしい。

「八助という男の子のことを聞きたいのだが」

「八《はっ》ちゃんかい？」

つんつるてんが訊いた。その顔には知っていると書かれている。

「どうして知ってるのかな？」

「だってぼんぼり屋敷にいたんだから」

「ほう」

銀次が友之介に訊いても、知らぬ存ぜぬを通していたのは、友之介には秘密があったということになる。

八助が夜中に泣いていたとしたら、その泣き声はみなが聞いている。友之介がはっきり答えられなかったのには、なにか理由があるのは間違いない。

自分で殺したのか、あるいは誰かに頼んだのか、それとも事故だったのか？

友之介は夫婦だという話だったが、あの若い娘が女房だったとは思えない。

そう考えると疑問だらけである。

「八ちゃんは、あのぼんぼり屋敷で暮らしていたんだね」

「そうだよ」

「いつからだい？」

「さぁ、いつだったかなぁ」

つんつるてんが考えていると、

「十日くらい前からだったと思うよ」

おとなしいほうが答えた。どうして覚えているのか問うと、手習いで新しい字を教えてもらったときに友之介師匠が連れてきたから、よく覚えている、と答えた。

「なかなか物覚えがいいな」

つんつるてんが、かんちゃんは頭がいいんだ、と自分のことのように威張った。

「じゃ、覚えのいいついでに、もうひとつ教えてくれないか。八ちゃんはいつぽんぼり屋敷から出ていったんだい？」

その問に、ふたりは顔を見合わせる。

「それがわからねぇ」

ふたりで答えた。

いつ出て行ったのかしらないから、殺されたと聞いて、びっくりしたとふたりは真剣な顔で答えた。

「八ちゃんを最後に見たのはいつだった？」

「さぁなぁ。いつだったかなぁ」

たぶん一昨日だったとつんつるてんがいい、それにもうひとりも頷いた。一昨日といえば死体が神田川に上がった日ではないか？

ということは、この屋敷を出てすぐ殺されたのか、それとも殺されてからその場に連れて行かれたのか。

いずれにしても、この屋敷が鍵《かぎ》を握っているに違いない。友之介がどんな役目を果たしたのか？　それともまったく関わりはないのか？

銀次は友之介が怪しいと睨んでいるが、だとしても疑問は残る。

八助が殺されたことと、かどわかしに繋《つな》がりがあるのか、ないのか。


子どもたちに礼を言って、柳太郎は小名木川に向かった。

帆船《ほぶね》や猪牙舟《ちょきぶね》が流れていく。

川の水は夏を招いて、ぬるんでいるように見える。

堤にはたんぽぽが咲いていた。一枚ずつ花びらを見つめていると、命の大事さを感じる。

人は生きているうちが花だ。

俺はこう見えてもお涙頂戴《ちょうだい》なのだ——。

誰も聞いていないはずだったが、

「ん？」

背中にひんやりとした冷たい刃物を突きつけられたような感触があった。

後ろに目があるわけではないが、陰陽師は勘がいい。

誰かがつけている。

足音は聞こえなかったから、かなりの腕だと知れる。

誰が？

尾行されるような敵を作った覚えはない。江戸に来てからまだ間もないのだ。

敵を作るほどの間はなかったはずである。

気配を消しながら、尾行者は近づいてくる。見事である。敵ながらあっぱれである。

しんとした小名木川沿いを、柳太郎は大川方面に向かった。普段は人がいるはずなのに、いまは人も犬も猫も姿はなく、そこだけ江戸から離れたような不思議な狭間《はざま》を作っていた。

振り返らずにそのまま土手上を進んだ。

ちょっと見、派手な格好をしている柳太郎だ。逃げて人混みに紛れようとしたところで、すぐばれるだろう。

すっかりご隠居さんに毒気を抜かれた風情だが、もともとのんびりした性格だ。

敵が襲ってきたらそのときだ、と腹を括《くく》った。

相手がどれだけの腕なのか確かめようという気持ちもある。それに、襲うには理由があるはずだ。

かどわかしや八助の殺しど関わりがあるとしたら、解決のきっかけになるかもしれない。

土手堤の地面は乾ききっている。

足を運ぶ先から土埃《つちぼこり》が舞い上がって、風が吹けばその土埃で目隠しをされるほどである。

尾行者は、足音を消している。

京から追いかけてきた者か、と疑ったが、命を狙《ねら》われるほど大物ではない。

ぼんぼり屋敷となにかの関わりがあるのかもしれない。

いくら考えても無駄だ。

こちらから襲ってしまったほうが早そうだ。

柳太郎は、駆け足になった。

堤から路地を曲がり、その先の路地もまた曲がった。

後ろで慌てた音が聞こえた。逃げられてはいけないと、いままで消していた気配が表に出たのである。

柳太郎は角を曲がると、板塀に体を貼《は》り付け、待ち伏せの態勢を取った。

ささささ。

足音が聞こえた。

止まった。

曲がったところに柳太郎が控えていることに気がついたらしい。

さすがである。

大勢に踏まれたのだろう、伸びきることができずにいる土草の上で柳太郎は待っている。

柄《つか》を摑《つか》んで鯉口《こいぐち》を切っておく。

鉢合わせになった途端、いきなり斬《き》りつけてくるかもしれない。そんなときに遅れを取らない用心だった。

来るか——。

足音が少しずつ近づいてくる。

すり足だ。

柳太郎は息を整え、小さく九字を斬った。

臨《りん》兵《びょう》闘《とう》者《じゃ》皆《かい》陣《じん》烈《れつ》在《ざい》前《ぜん》

息を整えた。

五

ふっと息を吐く音が聞こえた。

敵が餌《えさ》を投げたのだ。

その音に反応すると、こちらの居場所がばれてしまう。

気配を消したまま、柳太郎はその場から一寸の動きも見せない。

敵は、もう一度ふぅと息を吐いた。

柳太郎が誘いに乗ってこないので、もう一度誘い水を投げたのだ。

気配を消したままの柳太郎に、敵が先にじれたらしい。

「きえ！」

わざと大きな声で曲がり角を走り抜けた。柳太郎の居場所をそれで確かめようとしたに違いない。

走り抜けることで、敵からの攻撃を防ごうとしたのだろう。駆け抜けていった敵に大きな声をかけた。

「誰だお前は？」

薄墨色の小袖を着ているから、てっきり例の三人組かと思ってしまったが、体つきが違う。塗笠を被っていない。それにあの連中が柳太郎を襲う理由がない。

顔は黒い手拭いで覆っているので、目しか外には出ていなかった。

「遺恨かそれとも意趣か」

「………」

答えはないが、

「ふ……わかったぞ。だが、どうしてお前が？」

正体がばれたと思ったのだろう、敵の目が一瞬細くなった。こちらをどう出るか図っているらしい。

「友之介だな」

「………」

「返事がないということは、間違いないらしい」

「………」

黙って手拭いを外した。友之介である。

「まったくわからんなぁ。江戸はこんなに意味不明のことが起きるのか？　こんなところに来なければよかったといま後悔しているところだがどう思う？　京に帰ったほうがいいかなぁ。どうだろう？」

「なにをごちゃごちゃと」

「いや、しかしせっかく江戸に一旗揚げるつもりでやってきたのだからなぁ。まだなにも満足するようなことをしておらぬ。そうだ、先には狸を助けたというか、土佐に追いやったというか、御用聞きを助けたというか、そんなことはしたのだが」

「うるさい！」

「ほい。それは失礼」

「そんなごまかしをしても渡さぬぞ」

「はて、なにを渡さぬと？」

「惚《とぼ》けるな」

「そういわれても、まったく身に覚えないのだからしょうがあるまい？」

それには答えず、友之介は小太刀《こだち》を青眼《せいがん》に構えたまま、柳太郎に近づき始めた。

隙《すき》のない足運びは、子どもたちに剣術を教えるだけのことはある。

だが、柳太郎は口の中でなにやら唱え出した。九字ではない。友之介の目をまっすぐに見て、同じ調子でぶつぶつと語り続ける。

友之介は動けない。

目の周りに汗が吹き出した。

柳太郎の呟きが大きくなるにつれて、友之介の体が揺れ始めた。それ以上祝詞《のりと》のような言葉を聞いているわけにはいかないと思ったのだろう、

「きえ！」

叫びながら、友之介は小太刀の先を突きつけて、柳太郎目掛けて飛び込んだ。

本来ならそんな無謀な動きはしないはずだ。

だが柳太郎の呟きに翻弄《ほんろう》されたことは目に見えている。

隙だらけだったのである。

「ほい」

それほど力を入れたとは思えないのだが、友之介は柳太郎の当て身に、呻《うめ》きながらその場に崩れ落ちた。

「ほらほら、だからやめておけ、といったのに」

「なにをした？」

「はい？」

「体が痺《しび》れて動けなくなった」

「人はなぁ、同じ調子の音を長々と聞かされたら、頭が真っ白になるものなのだよ。これを世間では呪《のろ》いとか、呪術《じゅじゅつ》とかいうのだが、ようするに人というものは」

「うるさい！」

「わっはは」

どこまで本当のことなのか、柳太郎の言葉に友之介は、不機嫌な目つきを送るしかなかった。

「ところで、どうして私を襲った」

「ふん。どうせ女房を取り戻しにきたんだろう」

「はぁ？」

「陰陽師は人探しが商売ではないか。子どもの殺しにかこつけて、姑息《こそく》なことをするではないか」

「ははぁ。なにか勘違いをしているようだなぁ。あんたの嫁さんの話など聞いたこともなければ、話をしたこともない。ましてや顔を見たこともない。さっき出てきたのは女房ではあるまい？」

「……本当に知らぬのか」

「本当も本当。じつに本当。まったく嘘偽りなく本当だ」

胡散臭げに柳太郎の顔を見つめていたが、

「じつは……」

友之介の話はこうだった。

嫁になる約束をした女は、友之介の商売敵の娘だった。名をお梶《かじ》といい、六歳下の娘で日本橋十軒店《じっけんだな》にある人形屋の一人娘である。

友之介の家も人形屋で、いわば商売敵。そこの娘とわりない仲になってしまったのだから、お互いの両親はかんかんに怒った。

すぐ別れさせろと相手の親は談判に来るし、友之介の親は勘当だと大騒ぎをする。

江戸ではそんな話は数多くある、と友之介はいうが、まさか自分がそんな境遇になるとは夢にも思っていなかった、と苦笑する。

人は反対されればされるほど、燃え上がっていくものだ。

友之介とお梶も同じだった。

勘当されてもかまわない、と友之介は父親に告げ、お梶とふたりで、駆け落ちをしたのだ。

ぼんぼり屋敷は、友之介の弟が親に内緒で用意してくれたのだという。そのせいで、屋敷や店の話はしたくなかった、と友之介は苦々しくいった。

できた弟だなと柳太郎がいうと、

「なに、それで身代を独り占めにできるのだから安いものなのだ」

商売人は一筋縄ではいかないらしい。兄弟でもそんなものか、と柳太郎はいいながら、

「ぼんぼりはなんの呪いだ？」

「あれは、わざとだ。あんなことで世間に知られると、親たちも非道なことはできないだろう、と推量した上での苦肉の策なのだ」

「なるほど、逆手に取ったわけか。世間から隠れるよりは噂が広がったほうが、近づきにくくなる」

「そういうことだ」

柳太郎が鯉口を収めながら、

「八助について訊きたい」

どういう経緯で預かることになったのか、果たして本当にぼんぼり屋敷にいたのか、など柳太郎は問う。

「八助はある人から数日預かってくれといわれたのだ。なんでも、ときどき女が八助の周りをうろついていて、怖がっているという話だった」

「どうしてあんたのところにそんな話が？」

「幽霊でも住んでいるのではないか、と噂になっている家だ。そこに連れて行かれたら戻って来れないとでも話を作るつもりだと。それに手習いを習わせたいと、以前、訪ねて来たことがある。ぼんぼり屋敷の手習いや剣術は楽しい、とも評判になりかかっていたから……」

「八助の親とはどこの誰なんだ」

「愛宕下で傘屋をやっている、真太《しんた》という男の子どもです」

そういえば愛宕下と銀次から聞いたはずだ。

覚えておこうと柳太郎は頷いた。

六

階段が天まで届けと伸びている。

愛宕神社の前で、柳太郎は銀次と一緒に立っていた。

この階段は馬で登った侍がいて、出世をしたという話を銀次がしているが、柳太郎はあまり興味がないのか、ふんふんと生返事をするだけである。

「こういう昔話は嫌いですかい？」

曲垣平九郎《まがきへいくろう》という名前を聞いたところで話は終わった。

「ようするに、その侍が馬で階段を登って梅の枝を折ってきたというのだろう」

「なんだ、聞いていたんですかい」

「そのくらいの話なら知っている」

「だったら、最初からそういってくだせぇよ」

「親分が一生懸命に話をしてくれているのだから止めるのが可哀想《かわいそう》でな。これが出世の石段か」

曲垣平九郎は、讃岐国丸亀藩《さぬきのくにまるがめはん》の家来であった。

愛宕神社では梅の花が咲き乱れていた。そこを通りかかったときの三代将軍家《いえ》光《みつ》が、馬であの梅を取ってくるものはおらぬか、と声をかけた。

しかし、なかなか挑戦するものが出てこない。

機嫌が悪くなりかかったときに、曲垣平九郎がパカパカと馬を駆って登って行き、首尾よく梅の木を折って家光に献上したという。

たいそう喜んだ家光は、曲垣平九郎を天下一の馬術名人と褒めたという。

「旦那も天下一の陰陽師にならないといけませんなぁ」

「大きなお世話だ」

「ははぁ。なれないと諦めているんですね？」

「馬鹿なことをいうな」

「まぁ、人探しやら失せ物探しなどでは、なかなか天下一にはなれませんねぇ」

「お前は、いま誰のお陰でそうやって減らず口をきいておれるのだ」

「へへへ、狸のときはお世話様でした」

ふたりは柳太郎が友之介から聞いた八助の両親の住まいを訪ねようとしているところだ。

八助の両親が住んでいるのは、愛宕神社下である。銀次は愛宕神社の境内からは江戸の町が見渡せるから一度、登ってみたらどうかと誘われたが、

「そんな面倒なことはしたくない」

あっさりと断った。

「あぁ、旦那はものぐさですねぇ」

「そんなことはない。たまには仕事もする。第一、親分は誰のお陰で……」

「はいはい。わかっております」

この辺りは寺が多い。

愛宕神社の裏には天徳寺《てんとくじ》。さらに西に行くと三縁山増上寺《さんえんざんぞうじょうじ》がある。そのせい

か、善男善女がお参りをしたのか、水桶《みずおけ》などを持って歩く姿とすれ違うこともあった。

長屋に入ると、銀次は井戸端の手前の戸口を叩いた。なかから心張り棒が外される音が聞こえた。

まだ昼過ぎだというのに、心張り棒をかけているとは泥棒を怖がるほどの財でも持っているのか、と銀次は皮肉をいった。

柳太郎は周囲を観察しながら、

「八助はここに住んでいたのだな。悔しかったであろうなぁ」

「おや、旦那が子ども好きだとは」

「人は殺されていいということはないのだよ銀ちゃん」

「銀ちゃん!」

「ましてまだ幼い子どもではないか。これから成長して大人となり、世間に必要とされる人になっていたかも知れぬのだ」

「いわれてみたらそうです」

「それが、勝手に命を取られたのだぞ。これが哀《かな》しくなくてどうする」

「なるほど。それはわかりましたが、こんどはしっかり仕事をしてくだせぇよ」

「仕事？」

「陰陽師は、人探しが仕事でしょう？」

「それか」

「下手人探しも陰陽師さんの仕事でげしょう」

「それをいわれると反論はできぬなぁ」

　ふふっと銀次は頬を歪《ゆが》ませてから、戸口から顔を出した男に、十手の先をちらちらと見せつけた。

　慌てて障子戸が開いた。

　後ろのほうに女の顔が見えた。やつれた顔だった。これが八助の両親、真太とお峰《みね》だった。

　銀次はなかに入ってもいいかと問う。

　真太が体を避けてなかに誘った。母親のお峰はいままで蒲団《ふとん》を敷いて横になっていたらしい、慌てて畳んで部屋の隅に押しやっている。

「そのままそのまま」

　柳太郎が声をかけると、お峰がすがりついて、

「八助がいるのです。ほら、そこに……」

「なんだって？」

「夜になると、私を呼ぶのです。おっかさん、寒いよぉ寒いよぉって。そんなに寒いところとはどんな場所なんでしょう。ねぇ、お侍さま、教えてください。八助はいまどこにいて、なにをしているんでしょうか」

「まぁ、待て、待て、待て」

いきなりすがりつかれて、柳太郎は返答に困りながらも、お峰が眼を飛ばしている場所に目を向けた。

「旦那。見えるんですかい？　あぁ、陰陽師さんですからねぇ、見えるんですねぇ……」

銀次が、薄ら寒そうな顔つきをする。

確かに化け物を見ることはできる。それだけの力は持っているのだ。だが、いまはなにも見えなかった。

お峰は八助が死んだことで、心身を失ってしまったのだろう。こんなときもじつは陰陽師の出番なのだ。

なにも物の怪を退治するだけが陰陽師の仕事ではない。

「そうか、いま八助と会話をしてみよう。なにを望んでいるのか、それを見てやる」

うれしそうにお峰は柳太郎に手を合わせた。

ぶつぶつと念仏とも呪文とも聞こえぬ祝詞をあげる。それは聞こえるか聞こえぬか程度のかすかな音だった。

部屋のなかに浸透するような音だった。

声というよりは、確かに不思議な音だ。

真太とお峰は神妙に顔を伏せている。

「か！」

大きな声で祝詞が終わった。

ふたりの顔に期待の色が見えた。

「う……八助は」

「八助は？」

「八助は……」

「はい、八助は？」

真太とお峰の目は輝いている。

「……生きている」

「いまも、生きている。俺がいまそれをはっきり見た。心配するな、そのうち戻ってくる。間違いない」

「本当ですか？」

「江戸の陰陽師、嘘いわない」

慌てたのは、銀次だ。旦那と声をかけ、柳太郎の袂《たもと》を摑んで外に連れ出した。

「なんてことをいうんです」

「そうか？」

「八助は死んでますぜ」

「生かせば良い」

「はぁ？　一度死んだものが生き返るわけねぇでしょう」

「それをやるのが江戸の陰陽師だ」

「まさか」

「親分、ちょっと耳を」

貸してくれといって、銀次になにやら囁《ささや》いた。驚いている銀次を尻目に、

「頼んだぞ」

「え？」

あまり得心していないような顔をした銀次だが、しょうがねぇといいながら頷く。

「では、戻ろう」

柳太郎は銀次と一緒に真太とお峰のところに戻った。

八助を友之介に預けた理由は、友之介から聞いている。問題は誰が八助を追い回していたかだ。

銀次がその相手は知っている者かと問うと、真太もお峰もまったく知らない女だと答えた。

「どんな女だ」

怪訝な目で銀次が問う。

「背の高い女で、ときどきこの辺りを流している姿を見たことがありますが、話をしたことはありません」

鳥追い姿だったというから、門付けの太夫《たゆう》だろう。どうして門付けの太夫が八助を追い回していたのか？

そのとき外でがたん、と不審な音が聞こえた。

銀次が畳を蹴《け》って飛び出した。

後ろ姿が見えた。

女だった。笠《かさ》はかぶっていなかったが、縞柄《しまがら》の小袖で、腕になにかを抱えているのが見えた。三味線のようだった。

銀次は力いっぱい地面を蹴って追いかけた。途中、溝板の陰に笠が落ちていた。

やはり、鳥追い姿の太夫に違いない。

通りに出たその姿は、すでにどこかに消えて見えなくなっている。

「逃げ足の早ぇ女だ」

銀次は笠を持って戻った。

柳太郎はそれを見て、この女は心を病んでいる、と呟いた。なにやら黒いものが漂っていると銀次に告げる。

「へぇ、そんなこともわかるんですかい」

「人が長い間使っているものには、命が吹きこまれるのだ。それが見える。使ったものの思いが込められているのだよ」

「へぇ、そんなもんですかい」

「そんなものだ。だからものは大事に使わねばならぬ。そうしたらなかなか壊れずに長持ちするのだよ、銀ちゃん」

「ううむ」

本当かどうか、判断の基がないのだから、銀次は唸《うな》るしかなさそうだった。

七

女の身元を銀次が調べると、天徳寺裏にある新下谷町《しんしたやちょう》に住んでいるお松《まつ》だと判明した。近辺の自身番を回って聞き込んできたのである。

柳太郎は、銀次の案内でお松の塒《ねぐら》に向かった。

お松は銀次に追いかけられ、そのまま逃げ去った。住まいには戻っていなかった。

戸は鍵などかかっていないから、簡単に開けることができた。

ぷんと白粉《おしろい》の匂いが漂ってくる。門付けをするためには、そんな香りも大切なのだろう。

部屋のなかに入った。

どこの家も同じだが、長屋ではほとんど家財道具などは置いていない。漆塗《うるしぬ》りの衣桁《いこう》としゃれた屏風《びょうぶ》が場違いである。

銀次は、十手で壁を突ついたり、畳を叩いたりしながら、部屋に異変がないか探しまわっている。

柳太郎は、畳んだ蒲団を包んでいる大きな風呂敷《ふろしき》に目を向けた。

「匂うぞ」

「そうですかい？」

「本当の匂いではない。臭いというのだ」

「女の住まいですからねぇ」

「そうではなくてだなぁ」

そのとき戸が音を立てた。お松が戻ってきた音だった。

ふたりがいることに気が付き、驚いてまた逃げようとしたが、

「かつ！」

柳太郎が指先を突きつけて叫んだ。その声に驚き、身動きできなくなっている。

「すげぇ術ですねぇ」

銀次が驚いている。

「忍法金縛りの術だ」

「忍法？」

「忘れろ」

すたすたとお松の前に行くと、柳太郎は女の肩に手をかけて、

「これでお前は動けない。動こうとしても力が入らない……」

「引っ掛かりませんよ、そんないい加減なことをいわれても」

あっさりと踵《きびす》を返そうとするお松に、

「芝居っけのない女だなぁ」

「あるもんですか、そんなものが」

その返答に柳太郎は鼻白みながらも、

「まぁよい。お前は心が病んでいるのだ。それで八助を殺したのだな？　その蒲団の下に隠しているものが、それを差している」

「なんです？」

蒲団と格闘していた銀次が血染めの端切を見つけた。

「これは、八助が着ていた着物の裾《すそ》だな」

じつはそんなことは知らない。柳太郎のはったりである。

お松は答えに窮すが、すぐ気を取り直して、なんのことか知らない、と白を切り続けた。誰かが自分を貶《おとし》めるためにやったにちがいない、などという始末。最後には、ぎゃぁぎゃぁとわめきちらして、となりの大工が覗きにきたほどだった。

「これは始末におえねぇ」

銀次は、頭を抱えた。

「旦那、あの意味のわからねぇ呪文でなんとか白状させてくださいよ」

「むはん」

「なんですそれは」

「物の怪語でできぬ、と答えたのだ」

「さいですかい」

あっさりと銀次は諦めて、お松に十手を突きつけ、

「いいか。家移りをしたり、江戸から逃げるようなおかしなことをしたら承知しねぇからな。この端切はもらっていく。また来るが、そのときはおめぇが下手人だという証拠を持ってくるから待ってろ」

「わあああ！」

突然、泣き出した。

たしかに柳太郎が見立てたように、心が病んでいるようだった。

「こうなったら、またご隠居さんたちに出番を頼まなねばならねえなぁ」

通りに出た柳太郎は、呟きながらため息を付いている。

どうにもあの人を小馬鹿にした顔つきが気にいらない。いや、蘭月さんだけはちょっと違う、などと考えながら歩いていると、

「よぉ！　ごきげんさん達者かね」

ご隠居さんだった。

「どうしてここへ？」

「式神《しきがみ》を使っているからな」

そういって、ご隠居さんは柳太郎の肩に手を当てて、離すと蝶《ちょう》がひらひらと飛び立った。

「これが式神だ」

「……そんな子ども騙しを使って騙そうとしてもだめです。最初から手に持っていて、肩に触れた途端放したんでしょう。手妻師《てづまし》がよくやる手です」

ご隠居さんは、わっはっはと小柄な体を揺すりながら、

「目は曇っておらぬようだな、柳太郎よ」

「………」

「褒めていただいてありがたいが、質問に答えてもらいましょう」

「そろそろ私たちの力が必要になるのではないか、と思ってなぁ。どうだ？」

「まぁ、その通りです」

「ほれみろ」

ご隠居さんが、後ろを指さした。

塗笠三人組が、ひっそりと角に隠れるように控えていた。

中庭が見えるご隠居さんの住まいで、柳太郎は三人組が控える前で判明したことを喋っている。

さすがのご隠居さんも、お松のすべてを知っているわけではなかった。

「そんなわけだから、いろいろとやらなければいけないことが起きました」

「なるほど。では、こうしよう」

「いえ、策は私が」

「ここは、どこだ？」

「はい？　ご隠居さんの住まいです」

「江戸だ」

「はぁ……」

「江戸に来たら江戸の流儀に従え。それが賢いやり方だ」

「しかし」

「よいか。まずはお松が本当に八助を殺したのかどうか、それを知らねばならん」

「同意です」

「お前さんの意見など聞いておらぬのだよ柳太郎」

「はぁ」

「では、どこでお松を脅かすかだ」

「脅かしてはいけませんよ」

「なぜだな柳太郎よ」

「あの女は心を病んでいます」

「だから、思い切った転覆が必要なのではないか」

「そうなんですか」

「そうなのだ柳太郎よ」

「あのぉ、そのいちいち名前をいうのはやめてもらえませんか。へそが痒《かゆ》くなります」

「掻けばよい。さて……」

銀次はふたりの間に入れずにいる。

ご隠居さんは、三人組に目を送った。

「蘭月、お前さんは化粧を頼む。音三郎は子どもの役だな。善吉は……前回は山だったから今度は海にするか」

「ちょっと待って下さい」

「冗談だ。善吉にはからくり台を造ってもらおう。詳しくは後で話す」

きちんと教えてくれ、と柳太郎は詰め寄ったが、ご隠居さんは、お前さんは自分のやるべきことをやればよい、と取り合わなかった。

蘭月がしずしずと柳太郎のそばに寄り、

「私たちも貴方様の式神になりますからご心配はいりません」

「はぁ」

蘭月にそんなことをいわれたら、頷くしかない。

それから例によって三日後。

ご隠居さんと三人組から呼び出しがかかった。

扇屋にいた柳太郎が、ご隠居さんの住まいに向かう。

夏が近い日差しのなかを歩いていくと、塗笠が見えた。蘭月だった。

お待ちしてました、と静かに佇んでいる。涼やかな声だった。伏せがちの顔から鼻と唇だけがはっきり見える。

顔のすべてを見たい、と柳太郎は思い切って口に出して見た。

「お恥ずかしいことです」

「そんなことはないでしょう」

「人様にご覧に入れるほどの顔ではありませんゆえ」

「まさか」

「ご隠居さんがお待ちです」

こちらへ、と一石橋のほうへと誘導された。

方向を指した指が陽光に映えている。光を帯びた指だけがそこに生きているような佇まいである。

しばらく見惚《みほ》れていると、蘭月はすぅっと歩き出した。無駄な力のない優雅な体捌《たいさば》きだった。

日本橋界隈の喧騒《けんそう》とは思えぬ佇まいがそこにあった。

「ご隠居さんは、あのそば政にいるんですか」

「音三郎さんと善吉さんも待っています。さきほど、銀次さんも来ました」

「銀ちゃんもか」

「御用聞きがいたほうがなにかと便利です」

さらりと顔に似合わぬ科白《せりふ》をいう。

そば政に着くと、ご隠居さんがおいこっちだこっちだと小上がりから顔を出して手招きする。

銀次もいるとのことだったが、姿はない。厠《かわや》にでも行ったのかと思ったら、ご隠居さんに言いつけられて、お松に会いに行っているという。

善吉と音三郎が音もなく移動して座る場を空けてくれた。

「細工はできたぞ柳太郎」

「はぁ」

どんな細工をしたのか教えてくれないために感動は少ない。

「なんだ、その不服そうな顔は。柳太郎よ、そんな顔をしていると蘭月に嫌われるぞ」

「な、なにをいうのです」

「諦めたほうがよいな。あの者は男嫌いだ」

思わず蘭月に目を向けると、かすかに頬を動かしている。唇が横に広がったから笑っているらしい。

「でたらめか」

「人が嘘をいうときには、頬が歪むのだ。知っておけ。ただし、ほとんど目には見えぬからな。それをどれだけ判断できるか、それが一流の陰陽師になれるかどうかの境目だ」

あんたにいわれたくない、と思ったが柳太郎は額に小さな皺《しわ》を作った。

「ほらほらその額の皺は人を信じておらぬということを表しておる」

その通り。

信じていないが、そんなことはいえない。知らぬふりを決め込んでいると、ご隠居さんは、ふんと鼻で笑って
「まぁよいわ、では、柳太郎、行くか」

「どこにです」

「お前はあほか」

それ以上口をきかずに立ち上がった。

すぅっと三人組も腰を上げる。

仕方なく柳太郎も後に続いた。

八

ご隠居さんを筆頭にして塗笠を被ったおかしな集団は、大川に向かって進んだ。

日本橋から江戸橋《えどばし》を過ぎ、鎧《よろい》の渡しに出た。

大川方面に向かって永代橋《えいたいばし》の袂《たもと》に出た頃には、空が暗くなった。それまで暗雲は出ていなかったから、これから起きることを暗示しているようだ。

永代橋を大川沿いに向かって出たところは、石置場だった。川が蛇行しているために川岸を石積みが囲んでるすぐ側に、ご隠居さんたちは立った。

普段、こんな場所に来るのは迷い込んだ犬か猫。あるいは凶状持ちが逃げ込むしかないような場所に見えた。

船が流れているのは、向かいに佃島《つくだじま》があるからだ。帆を畳んだ船が帆柱をむき出しにして停泊している光景が見えている。

そんなところに、どかんと大きな屋敷が立っていたから柳太郎は驚く。

後ろに回ったら書割とすぐわかるのだが、正面からでは忽然《こつぜん》として百姓家のような建物が迫ってきて、驚くことだろう。

すぐ側には松平伊豆守の下屋敷もあるというのに、大胆なことをするご隠居さんである。

品川沖《しながわおき》まではまだ距離はあるが、そろそろ夕刻である。空はほんのりと赤く染まり海も同じ色に染まり始めている。

こんなところで、なにをしようと企んでいるのか。

銀次は、さっきから誰かを待っているような仕草で、そわそわしている。おそらくは、お松が来るのを待っているのだろう。

三人組は、いつもの如《ごと》く忙しく働いている。

からくりがうまく動くかどうか、確かめているようだ。

さっき暗くなった空は、いつの間にか明るくなっている。まさかご隠居さんが術を使ったということはないだろうとは思うが。なにしろ正体は不明である。そのくらいのことはやりそうである。

蘭月はどこにいるかと探して見たが、目に入らないところにいるようだった。化粧を担当しろといわれたということは、絵を描くだけではないらしい。もっとも化粧も顔に絵を描くようなものだろうから、同じなのだろう。

赤い夕陽が顔に染まった蘭月を見たい、などとよからぬことを考えているうちに、しだいに陽が落ちていった。

夕日が当たっていた石積みが、見えなくなり始めた。

その代わり、半月が地面を照らし始めた。

ご隠居さんは例によって、姿を消したままだ。このまま、柳太郎や銀次に任せたのである。

銀次が、かすかに足を動かした。

お松の姿が見えてきたからだった。

遠目にもおどおどしているのがはっきりわかる。こんなところに呼び出されて、なにをされるのかと恐怖心にかられるのは当然のことだろう。

どんな言葉を駆使して銀次が呼び出すことに成功したのか、訊いてみたいものである。おそらくは十手に物を言わせたに違いないのだが……。

屋敷が浮かび上がっていた。

おや？

おそらくは龕灯《がんどう》だろう、明かりに照らされた書割を見てようやく気がついた。

友之介の寮にそっくりなのである。

お松がどうして八助を殺してしまったのか、動機はまだわかっていない。第一、殺した場所も判明していないのだ。

ご隠居さんは友之介の屋敷で殺したと考えたのだろうか。それともほかの目的があって作ったのか。後で訊いてみたいものだ。

もっとも、また馬鹿にされるのが落ちだろう。

千鳥足でお松は銀次の前に立った。

光に支えられた家が目の前に建っている。

たそがれどきは、顔が薄くしか見えない。

お松は、恐怖もあるのだろう、お化けでも見たような顔をしていた。

ご隠居さんたちが作り上げた屋敷は、夕闇に溶けて不気味な佇まいを見せている。

銀次がなにか話しかけている。

何度も頷きながらお松は、屋敷に目を向けた。

周りは暗くなり、周囲はほとんど影が形を持っているだけだった。

いつの間にか、屋敷の前に誰か人が立っていた。子どもだ。

「八ちゃん！」

滑るように前に向かって動き出した。

足は動いていないのに、水の上を滑っているように立ったまま進んでくる。

お松はどうしたらいいのか判断がつかないのだろう、呆然《ぼうぜん》としたまま動くこともできずにいる。銀次がずり下がる。

柳太郎は、黙っているしかない。

八助は音三郎の変装だろうが、どこから見ても子どもだった。お松が見間違うのも無理はない。

お松は声をかけようとしているが、言葉が出てこないようだ。

すると地面から声が聞こえてきた。八助がなにか声を発している。

恨みの言葉のようだ。

どうして殺したのかと尋ねている。

「違う！　間違いなの！　あれは間違い！」

泣きながら、お松が叫んでいる。

地面に体を投げ出した。髪の毛が逆立っている。

八助は、じっと次の言葉を待っている……。

だが、お松はそれ以上話すことができなかった。その場に失心して倒れたからである。

慌てて柳太郎は駆け寄り、お松の体を抱き寄せた。

耳元でなにやら呪文を囁《ささや》いた。やがてお松の顔に生気が戻ってきた。

はっと気がついたときには、八助はどこにもいなかった。それだけではない。

屋敷も消えていたのである。


翌日――。

ご隠居さんの住まいである。

濡れ縁に柳太郎は座って、庭を見ていた。しっとりとした雨がさきほどから降り出している。

お松が銀次の質問に答えていた。

昨晩、気を失ってから柳太郎の呪文らしき呟きで気がついたお松を、ご隠居さんの住まいまで運んだのは銀次だった。

予《あらかじ》めそのように指示を受けていたらしい。そこまで用意周到とは驚いていたのだが、それ以上に、

「ご隠居さんとは何者?」

その疑問のほうが大きくなり始めている。

只者《ただもの》ではないのは会ったときから思っていることだが、それにしても並みの先読みではない。庭を見ながらぼんやりと、ご隠居さんの正体について考えを巡らせていると、

「事故だといったな?」

銀次の声が聞こえてきた。

はい、とお松は答え、詳しく話せという言葉に頷いている。

それによると、八助を見たのは半年前のことだという。ずいぶん前だと銀次が問うと、その頃自分は子どもを亡くしていた。

門付けをしながらたつきを得ていたのだが、あるとき八助を見たとき、自分の子、幹太《かんた》を思い出してしまったという。

似ていたのか、と銀次が問うとまったく似てはいないと答えた。おそらくは子どもを亡くした悲しみが頂点に達していたのだろう、と聞きながら柳太郎は推量する。

それからお松は子どもの幹太を亡くした悲しみの淵《ふち》にどんどん陥っていった。そこで毎日愛宕下にある真太の住まいを尋ねることになる。

真太は、お松の八助を見る目が異様なことに気が付き、以前から手習いに行かそうと予定していた友之介に相談をして数日の間、預かってもらうことにした。それに気がついたお松が、夜中、八助を呼び出したのである。母親の声を真似《まね》て話しかけたというのだった。

声を変えるのは、門付けの太夫をやっているくらいだから、それほど難しくはなかったのであろう。

「そのとき友之介はどうしていたんだ」

「おかみさんとのことで両親に呼ばれて留守だったんです」

「そういうことか……」

ご隠居さんは、じっとお松の話を聞いていたが、

「確かに事故だったらしいな。お前が偽の母親だと気がつき八助が逃げた。その

とき、暗かったから足元の石ころにつまずいて倒れた。打ちどころが悪くてそのまま息を引き取ったのだ」

「はい……」

「首を斬ったのは、三味線の撥《ばち》で引っ掻《か》いたのだな。そうすることで、不可思議な死に方をしたように見せたかったのであろう」

「申し訳ありません」

どうして、ご隠居さんはそこまで見通したのだ？

謎である。

「銀次親分、そういうことだ。事故では捕縛もできまい」

「へぇ、しかしそれが真《まこと》のことかどうかはわからねぇでしょう。嘘かもしれねぇ」

「嘘ではない。その証拠に八助の額に傷があったのを見忘れたか」

「……へぇ、あぁ、確かにありました」

「打ちどころが悪かったのだ。獣にでも喰《く》われたように細工をしたのはお松の失敗だが、そのくらいは大目に見てやれ」

ご隠居さんがじっと銀次を見つめた。いや睨みつけた。

黒目が異様に大きくなった……ように見えた。

なんだいまのは――。

ますます怪しい。このご隠居、やはり摩訶《まか》不思議な力をもっているようにみえる。

まさか、陰陽師か？

九

愛宕下の長屋は、朝、寅《とら》の刻から大騒ぎだった。

死んだはずの八助が生き返ってきたからである。

だが、問題があった。以前、真太の子どもだったことをすっかり忘れてしまっているのだ。親の顔もほとんど覚えていないという。

連れて行った銀次は、

「いままであの世で彷徨《さまよ》っていたんだ、そのくらいは勘弁してやれ」

真太はそんなことはかまわない、生き返ったことだけで十分だ、とお峰ともども夫婦で泣いている。長屋の連中は世の中には不思議なことがあるものだ、これは陰陽師である柳太郎のおかげだ、となかには手を合わせる者までいる。

もちろん、八助は偽物である――。

本当に生き返ったわけではない。柳太郎が生き返らせてやるといったのは、八助にそっくりの男の子を探し出すことだった。

銀次は数日の間駆けずり回り、浮浪児の道郎《みちろう》という名の子どもを見つけた。新しい親ができたと思えと話をしたら、いままでとは違った生活ができる上に親までできると道郎は喜び八助になる、と答えたのであった。

真太夫婦に手を合わされ、崇《あが》められ、腰を折られて柳太郎は長屋から出た。

「旦那……」

「ふむ」

「よいことをなさいました」

「そうらしい」

「それにしても偽物で生き返らせてやるなどと、よくもそんな策を」

「陰陽師は、人を幸せにするためにある」

「なるほど」

「嘘にもいい嘘と悪い嘘があるということだ」

「へぇ」

「それにしても……」

「なんです？」

「あのご隠居さんとは何者？」

「さぁねぇ。あっしも気にはなりますが、まぁいいじゃありませんか」

「気にするなと？」

「酒でも飲みに行きましょう」

「まだ朝だ」

「飲めばいいんでさぁ。朝酒、朝湯は江戸の華ですからね」

「火事と喧嘩《けんか》ではないのか。江戸の華とは」

「へっへへ。これはいい嘘のほうでして、へへ」

屈託なく笑う銀次の顔に、つい柳太郎の頬もほころび、

「じゃ、そのいい嘘を楽しむか」

「へへ。そうこなくっちゃ」

長屋のほうから、大きな笑い声が聞こえてきた。

道郎、うまくやって親子で幸せになれ、と柳太郎は心で呟いていた。

三話　透視目事件

一

昼から酒を飲んでいた。

ご隠居さんの住まいである。濡《ぬ》れ縁《えん》にあぐらをかいて座っているご隠居さんは、背中を丸めていまにもそのまま前に倒れてしまいそうな雰囲気だった。

眠いのであろう。

朝から酒を飲んでいるのだ、眠いはずである。

庭先に一匹の猫がにゃおと鳴いて、ご隠居さんの足にまとわりついている。酒の肴《さかな》にしているさきいかを裂いて投げているからだ。

柳太郎は酒は飲んではいないが、手には苔色《こけいろ》の茶碗を持っていた。普通の茶碗ではない。おそらくは茶道に使うのではないかと思えた。

その茶碗で蘭月が入れた茶を飲んでいるのである。

蘭月は、いつものように塗笠を被っている。

家のなかでははずしたほうがよいのではないか、と柳太郎は誘い水を向けたが、

「人様に見せるほどの顔ではありません」

またもやあっさり断られた。

梅雨《つゆ》も明け、日差しはどんどん強くなっている。

じっとしてても、汗が体全身から噴き出す。

庭を覆っている夏草は、以前よりその背丈を伸ばし、ちょこんと置かれている石灯籠《いしどうろう》や、小さな築山まであり、まるで枯山水である。

考えてみたら、梅雨の頃はそんなに風流な庭ではなかった。

いつの間にそこまで変えてしまったのか。

ご隠居さんとあの三人組がいたら、これも朝飯前なのだろう。

「どうだ柳太郎よ」

「はい？」

「あの八助という子どもはうまくやっておるかな」

「おそらく大丈夫でしょう」

「それならよい」

ご隠居さんは、黒っぽい紗《しゃ》の着物をふんわりと着こなしている。

あぐらをかきながら、杯《さかずき》を傾けるその姿には、なにか京とはまた異なる風流があるような気になれた。

東と西とでは、人も暮らしは異なると思っていた。

馬鹿《ばか》にしていたわけではないが、

「江戸に風流などあるまい」

そう思っていたのだった。

しかし、いまご隠居さんの佇《たたず》まいを見ていると、

「江戸は大勢の人が住んで、文化も培われている」

と思えるのだった。

「暑い」

ご隠居さんが呟《つぶや》いた。

「柳太郎、お前さんは暑くはないか」

「それは暑いです」

「京はもっと蒸し暑いであろうなぁ」

「まぁ、そんなものです」

「だからお前さんは涼しそうな顔をしているのだな」

「そんなことはありません」

「酒を飲め」

「いえ、このおいしいお茶だけで十分です」

「欲がないのだな、柳太郎は」

「そんなことはありません。江戸には一旗揚げたいと思って出てきたのですから」

「わっはは」

「江戸にも陰陽師《おんみょうじ》はいますか？」

その問いに、ご隠居さんはうん？　っと首を向け、

「ふふ」

笑っただけで、答えになっていない。

「ひょっとしたら」

「なんだ？」

「ご隠居さんは江戸の陰陽師では？」

「ほう、どうしてそんなことを考えついたのだ」

「勘です」

「なるほど、由緒ただしい賀茂につながる陰陽師だからな。勘も鋭いであろうなぁ」

「それは、江戸の陰陽師、と答えているとして思ってよろしいのですね」

「さてなぁ」

ご隠居さんは、顔を庭に戻した。横顔がうっすらと笑みを浮かべているように見えたが、本当に笑っているのかどうか、柳太郎には判断がつかない。


「てぇへんだ！」

「あぁ、無粋な銀次がやってきたぞ」

苦笑しながらご隠居さんが、蘭月に目を向けた。

はい、と答えて蘭月は銀次を迎えに立つ。

ばたばたと蘭月と一緒に部屋に入ってきた銀次は、どたりと腰を下ろして、

「どうにも摩訶《まか》不思議なことが起きてますぜ」

「なんだ騒々しい」

柳太郎が静かにしろ、と諭したが銀次はこんな不思議な話はふたりに聞いてもらわねぇと後でお天道《てんと》さんに叱《しか》られると意味不明な科白《せりふ》を吐いた。

「どんなことだ」

「……旦那《だんな》、この世に千里眼《せんりがん》はいますかい？」

「なんだって？」

「おや、千里眼をご存知じゃない？　千里眼というのは、遠くを見通したりこれから先に起きることを先読みできる力ですぜ」

「そんなことは知っておる」

柳太郎は苦笑しながら答えた。

「なんです、じゃぁ、おかしな顔はしねぇで素直に聞いてくだせぇよ」

「親分がかってに間違っただけではないか」

「おや、そうですかい」

悪びれずもせずに、銀次はへっへへと笑いながら、

「千里坊《せんりぼう》っていうんですがね」

「その者が千里眼だというのか」

「そうとしか思えねぇ力を発揮しているんですよ」

銀次の言葉を聞いているはずなのに、ご隠居さんは庭から目を離さない。

「それに、旦那の商売敵です」

「ほう」

「なにしろ、人探し、失《う》せ物などなんでもござれ、というんですから」

「それは頼もしいではないか」

「そんなのんびりしていたら、江戸で陰陽師なんざやっていけませんぜ」

そういってご隠居さんの背中を見た。

「まぁ、なかにはどうやって金を稼いでいるのかわからねぇ、お人もいますが」

ようやくご隠居さんが後ろを向いた。

「それは、儂《わし》のことか?」

「いいえ、誰とはいってませんです」

ふふっと小さく笑ったご隠居さんは、蘭月に目を向けて、

「おい、儂は泥棒のように思われているらしい」

「無理もありませんね」

涼やかな声で蘭月は答えた。

「そうか、お前がいうなら仕方がない」

あっはははは、と今度は声に出して笑う。

「それより、親分。その千里坊という者がどうしたというのだ」

「それがね、あまりにも評判になっているんで、へへ」

「なんだ、その笑いは」

「へへ、旦那怒らねぇで聞いてくださいよ」

「ふむ。怒る理由がない」

「まだ、喋《しゃべ》ってませんや。ようするにあまりにも評判がいいので、つい気になりましてね。本物か偽物か確かめようと……」

「訪ねるのか」

「そんなところでして。旦那も透視はできるんでげしょう?」

「……その気になればだがな」

「じゃ、その気になってあっしが失《な》くしたものがなにか当ててください」

「そんなことすぐできるわけがあるまい」

「おやぁ、じゃ旦那は偽物ですかい」

薄笑いしながら柳太郎を見つめる。

柳太郎は、その目をじっと睨《にら》んでいたが、

「……すぐ見つかるよ」

「おや？　それは見立ててくれたということですかい？」

「さあなぁ」

「はてさて、それはいい加減な」

「そうか、いい加減か」

柳太郎は大声で笑う。

銀次は不服そうに十手《じって》を取り出して、

「じゃぁ、いいです。あっしがなにを失くしたのかわからねぇ、と思いますから」

「だから、すぐ見つかると申しておる」

「そんなことは誰でもいえるんじゃねぇですかい」

「おう、そうか」

ふふふ、と柳太郎は含み笑いをする。

「じゃ、その千里坊なる男のところへ行ってみたらどうだな?」

「そのつもりです」

銀次が立って出て行くと、ご隠居さんはようやく庭から目を離して、

「わかったのだな」

「はい。矢立を失くしたのでしょう」

「ふむ」

「……ご隠居さんも気がついているようです」

「余計なことは言わぬが花だぞ」

「さぁて、どうですかねぇ」

「まぁよい」

「どこぞの水茶屋の床几《しょうぎ》の下です」

「うん?」

「違いますか?」

「はてなぁ。そこまで見通していたのなら教えてやればよかったではないか」

「親分は、それを望んでいませんでした」

「ふん」

「千里坊とやらに見立ててほしいと考えていると気がついたので、黙っていましたがまずかったでしょうか」

「その答えはまだわからぬ」

「そのうち、判明するでしょう」

「おそらくな」

ふたりは、目を交わし合った。

蘭月がご隠居さんには、酒を、柳太郎にはお茶を運んできた。

絶妙な間合いだった。

二

銀次は、東両国を歩いている。

この東両国というのは西側とは異なり、どこぞの山から連れてきた熊女《くまおんな》やら、ろくろっ首、海から出てきた大入道など、世にも不思議な者たちを見世物としている小屋が多いのであった。

それだけに大道芸と称してものもらいを隠れ蓑《みの》にしている連中も大勢いるので

ある。

どうせ千里坊という男も千里眼などといいながら、騙《かた》りをやっているに違いない、と銀次は踏んでいた。

だが、よく当たると評判になっていた。

もしかしたら、本物かもしれない、と銀次は考えた。

偽物なら世間を騒がす騙りものとして、しょっぴいてやろうと手ぐすね引いていたのだが、

「ちょっと確かめてやるか」

そう考えたのは、矢立を失くしたからだった。

どこで落としたのかそれとも忘れてきたのか、まったく覚えがない。

千里眼なら、それがどこにあるのか見通すことができるはずだ。

陰陽師である柳太郎に聞こうとしたが、意図したのか、それとも本当に見えなかったのか、教えてくれなかった。

もっとも看破されたところで、それを確かめてから千里坊に会いに行こうと思っていたのである。

ふたりの答えを比較すればどちらが本物でどちらが偽物か判明する。

といっても、なにも柳太郎が偽物と考えているわけではなかった。ご隠居さんも陰陽師ではないかと柳太郎は疑っている。そうだとしても、銀次には一向に問題はないから、どうでもいい。

ようするに、江戸の事件を解決に導くことができたらそれでいいのである。千里坊に関してはまだ事件というほどのことは起きていない。だから、取り越し苦労だといわれたら、そうかもしれない。

それでも、胡散臭《うさんくさ》さを感じる限り、銀次は千里坊という男を探ってみようと考えていたのである。

両国の広小路《ひろこうじ》から、東詰めに渡る。

そうすると、西の雰囲気とはがらりと変化する。歩いている連中の顔つきも変われば、娘たちの姿も減少する。

簡易な小屋が増えて、女の裸に近い看板などが目につくようになるのだ。男の相手をする矢場女《やばおんな》が、腰を振りながら闊歩《かっぽ》する。

千里坊が鑑定をおこなうと称してこの東両国に小屋を作ったのは、つい一月前のことだ。

この辺りに作ったのは、下世話な話がたくさん持ち込まれるからだろう。人の噂《うわさ》に昇るためには、色恋沙汰《いろこいざた》が入ると早い。

それには、東両国は最適だ。

しばらく歩いていると、ひときわ大勢の人が並んでいる場所に出た。そこが千里坊の鑑定場所である。

他の小屋と同じように、葭簀《よしず》張《ば》りで囲っているだけの小屋だ。

もともとこの辺りは、火除地《ひよけち》である。

したがって、夜には小屋を畳む必要がある。そのために、建てたり壊したり簡単にできるよう作られているのだ。

小屋の前に並んでいる客は、男だけではない。娘たちも並んでいる。それだけ千里坊の評判が大きいということだろう。

十手を出して横から入り込むことはできる。

だが、それをしたのでは千里坊の本当の実力を見極めることはできないだろう。いかがわしいことをやっていたとしても、十手持ちだと知った時点で隠すに違いない。

本当の顔を知るためには、普通の客と一緒に並んだほうがいい。

ごく一般の客として千里坊の目的と力を探らねばならない。いわば密偵みたいなものだ。

密偵か。

その言葉の持つ危険な香りに、銀次は武者震いをした。

命を預けるほどではないが、千里坊の秘密を暴いて、邪魔と思われたら危険な目に遭うかもしれないのである。

それでも御用聞きとしては、逃げるわけにはいかない。

仏壇の銀次さんは、真実を探す岡っ引きなのだ――。


自分で自分を鼓舞しながらにやりと頰《ほお》を動かした。

笑ったつもりなのだが周りからはどう見られているかわかったものではない。

列に並ぶと、前の職人風の男がおや？　と驚き顔をする。

仏壇の銀次さん、と声をかけてどうぞと体を引いた。

すると、前の娘が同じように銀次を先に行かせた。

さらに前の丸坊主の男が、どうぞと後ろに下がった。

どうぞ、どうぞ、どうぞ、どうぞ……。

とうとう、一番前まで来てしまったのである。

苦笑しながら銀次は、それならと小屋の前に立った。

ただの八卦見《はっけみ》のようなものなのに、木戸番まで立っていた。

「あぁ、親分さんは無料です」

そうかいと、なかに入っていく。

長床几が置かれてあり、そこに数人待っていたが、そこでもどうぞ、どうぞ、どうぞお先に。

紗《しゃ》がかかって奥が隠された部屋の前に到着した。

紗のすだれが上がると目の前に、でっぷりと腹が出た男が文机《ふづくえ》を前に座っていた。机にはなにやら難しそうな書物が積まれている。

千里眼がそんなものを置いておく必要があるのか、と首を傾《かし》げると、

「これは、現在、過去、この先、すべてを見通すことが書かれた書物なのです」

「はぁ？」

「私はそれを、前触れの書と呼んでいます」

「前触れの書だと？」

「これからなにが起きるのか、それがしっかり書かれているからです」

「誰がそんなものを書いたのだ」

「もちろん、私、この千里坊です。どうです親分なら安くしておきますが」

「ふん。そんなものはいらねぇ」

「おや」

「この先どうなるかなんぞ、知っていたら面白くもなんともねぇ」

「いえいえ、転ばぬ先の杖《つえ》です」

「いいから、俺がなにをしに来たか当ててみろ」

千里坊は、目を細めて印を結んだ。外縛印《げばくいん》だった。

しばらく口のなかでぶつぶつ呪文《じゅもん》のようなものを唱えていたと思ったら、

「失せ物ですな」

「………」

当たっている。

もっとも、ここに来る連中のほとんどは人探しか、失せ物探しだ。どっちをいうかは五分五分の賭《か》けだろう。

「確かに、そうです」

「なに？」

「親分はいま、五分五分でどっちかをいえば当たると思いましたね」

「まさか」

「私には見えるのです」

「本当か」

「ですから、失せ物と当たりました。疑ったこともしっかり見えました」

「ううむ」

「ただし、どんなものを失くしたのか、そこまではまだ見えていません……ああ、おそらく竹に関わりのあるものです」

「な、なんだって？」

「筆ですか……」

「ぐぐ」

　まさにその通りである。

　どうしてわかったのかという目つきをする銀次に、

「これが千里坊の実力です」

　鼻であしらわれ、

「近頃、水茶屋に行きましたね」

「あ……」

遊びではないが、探索でもない。ただの見回りでもなかった。ちょっと気になっている娘がいるのだった。

色恋でもない。

「その茶屋に長床几があります。そこの下に落ちていますよ。もしかしたら茶屋女が拾ってくれたかもしれません」

調べてみたらいい、と千里坊は笑みを浮かべた。

思い当たることはある。深川富岡八幡宮《とみおかはちまんぐう》の前にある水茶屋だ。

そういえばあそこで掏摸《すり》を見つけて、一緒にいた女の顔の特徴を帳面に書き付けた。掏摸の話が出たときに、その特徴を照会するのだ。

矢立はその後、失くしたと思い出した。

考えてみたらすぐわかることだったが、

「そうか……じゃ、当たってみるぜ」

銀次は、立ち上がった。

「あ、親分」

「なんだい」

「あまり人を疑わないほうがいいです」

「なにぃ？」

「目つきが悪くなりますからね」

皮肉とも本気ともわからぬ言葉で千里坊は、銀次を見送るのだった。

小屋から出た銀次は、ちっと舌打ちをしてから、

「しょうがねぇ、深川に行ってみるか」

まずは千里坊の言葉を確かめなければいけない。

三

それから十日ほど過ぎた頃である。

「確実に商売敵ですぜ」

銀次が、にやけている。

日本橋の扇屋の二階である。

外から物売りの声が聴こえる昼前。銀次が柳太郎の前で、ヘラヘラ笑っているのだった。

「どういうことだ」

「へへ。千里坊ですがね。あっしが失くした矢立の在処《ありか》を見事に当てました」

「どこぞの水茶屋であろう……なにやら八幡様が見える」

柳太郎に、富岡八幡宮はまだ知るところではない。

「え？」

「帳面を書いたときに落としたのだ」

「まさか」

「そこの茶屋女が預かっていたであろうなぁ」

「そんな」

「ちゃんと見つかってよかったではないか」

「ううむ」

「どうしたんだ、親分」

「いや、なんでもねぇ、といいてぇところですが、最初からわかっていたんですかい」

「ふふふ」

「人が悪いや」

「止めても、千里坊のところに行ったであろう」

「まぁ、そうですが」

「ならば、よかったではないか。千里坊の正体を見ることができたのだから」

「へぇ」

「で、どうであった」

「千里坊ですかい？　どうなんですかねぇ。確かに矢立の在処を当てました。ということは、本物の千里眼ということでげしょう？」

「そうかもしれぬなぁ」

「そうなると旦那の商売敵でしょう」

「周りから見たらそうかも知れぬ」

「どうしてそんなに悠長なんです？　商売が上がったりになってしまうというのにのんびりしていていいんですかい」

「なに、もともと商売などしているのか、どうかわからぬからな」

　窓際まで立って外を眺めた。

　通りには、今日も大勢の人が歩いている。棒手振《ぼてふり》が誰かと喧嘩《けんか》していた。この界隈《かいわい》では一日に数度は喧嘩が起きる。

短気な江戸っ子が集まると、必ずどこかで言い合いやら、取っ組み合いが起きているようだった。

「威勢がいいなぁ」

つい言葉がこぼれた。

「江戸っ子は五月の鯉《こい》の吹き流し。喧嘩してもいつまでもぐじぐじはしてません」

得意そうに銀次がいった。

「そこがいいところらしい」

本気でそういうと、柳太郎は振り返り、

「千里坊はその後、変化はないのか？」

「いや、それがあるんでさぁ」

「ほう、今度はなにを始めたのだ」

「金を集め出しましてね」

「最初からであろうよ」

「いえ、今度は大金を積んだ者だけを見始めたんでさぁ。端金《はしたがね》はいらねぇ、とばかりに」

「それはいかぬな」

「どこぞに広い土地を買って、なにやら大きな伽藍《がらん》を建てようとしているとの噂《うわさ》が広がっているんですが、どう思います？」

「奴《やつ》の気持ちを見透せというのか。それはまだ無理だな。それに奴は結界を張っておる。それを破るのは、なかなか力がいる」

「おや、旦那にはその力はねぇと？」

「そんなことはない。まだ奴の本当の力が見えておらぬのだ」

「偽物だと？」

「いや、それがはっきりせぬのだ。なにかおかしいという気持ちはある。それを確かめてみたいのだが……」

「千里坊に会ってみますかい？」

「遠目からでもよい。一度見てみたいものだ」

「じゃ、こうしなせぇ」

銀次が教えてくれたのは、浅草の浅草寺《せんそうじ》の前にいたら千里坊を見ることができるかもしれない、ということだった。

近頃、千里坊はあちこちに手を広げていて、東両国からいまは、本拠を浅草広小路に移しつつある、というのだ。

どんどん大きくなって、江戸の千里眼は自分だけだと力を拡大したいのだろう、と銀次はいう。

「なるほど」

柳太郎は、はっきりしない。

「旦那……なにかほかの考えでもあるんですかい？」

「いや、まだわからぬ。とにかく浅草に行ってみようではないか」

「行きますかい？」

「行く」

「では、こちらへおいでなせぇ」

銀次は先に階段を降りていった。


浅草広小路は、日本橋界隈とはまた趣が異なる。

旅装をした者があまりいない。

若い娘たちの数が目についた。近所に小芝居の小屋が数多く並んでいるからだろう。

大歌舞伎《おおかぶき》の中村座《なかむらざ》や市村座《いちむらざ》などは、二丁町にある。まだこの頃、江戸三座は猿若町《さるわかちょう》には移動していないのだ。

東両国とは異なり、女の裸を売り物にするようないかがわしい演《だ》し物はない。だから娘たちも安心して芝居を楽しめる。

その代わり、女綱渡りなどの小屋が男たちで賑《にぎ》わっている。太腿《ふともも》を出しながら綱渡りをして見せるからだ。

もちろんろくろっ首のような、見世物小屋もあるが、洒落《しゃれ》のような作り物である。そんな冗談を江戸っ子は楽しむだけの余裕があるということだろう。

金龍山《きんりゅうざん》浅草寺の五重塔《ごじゅうのとう》が、広小路の右手に見えたとき、

「おやぁ？」

千里坊が、派手な金糸銀糸の衣装を着て、しゃなりしゃなりと歩く場面にぶつかった。

銀次が訪ねて行ったときには、ひとりだったがいまはふたりの供まで連れて歩いている。

「いやに出世がはええなぁ」

舌打ちでもしそうに銀次が呟いた。

柳太郎は千里坊も見ていたが、それよりすぐ横を歩いている娘に視線を送っていた。

「あ……」

口に手を当てたのは、娘が柳太郎の目に気がついたかららしい。

柳太郎の顔を見るとまるで旧知の友人にでも会ったように、微笑《ほほえ》み、それからすぐ眉《まゆ》を顰《しか》めて、どうしたらいいのかという顔つきになる。

先に行きそうになる銀次に、ちょっと待てと足止めをして、娘の行動を見つめていると、なにか決心をしたように、娘が柳太郎のほうに近づいてきた。

「あのぉ……」

「心配いらぬ。聞いてあげよう」

いきなり自分の思いを見通されたようで、娘は目を丸くする。

はいといって娘は、千里坊に恨みの視線を送った。

娘の名は、お琴《こと》といい十九歳になるという。

親は浅草広小路で呉服屋をやっていて、千里坊に執心していて、金をどんどん巻き上げられているというのだった。

いくらお琴が騙《だま》されているといっても、父親はいうことを聞かない。

大金をむざむざとむしり取られてしまっている。それを、なんとか止めたいというのである。

それは困っていることだろう、なんとかしてあげたいと、柳太郎は答えた。

銀次は余計なことはやめておいたほうがいいという顔である。

詳しい話を聞こうと、お琴を伴ってすぐ側《そば》の茶屋に入った。

父親は一代で身代を作り上げた。

それをあっさりといかがわしい男に取られるのは、娘としては、我慢がならないという。

もっともな話だ。

だが不思議なことに、寄進を始めてから新しい取り引き先が出てきたというのである。

柳太郎にいわせるとそれは、最初からのでき上がりであるという。

偽者の陰陽師がよくやる手だ、と苦々しい顔を見せる。

「本当ですか」

銀次が腹立たしそうな顔をする。もしそれが本当なら、ただじゃおかねぇとわめく。

「陰陽師、嘘《うそ》つかない」

しれっとして柳太郎が呟いた。

「ついてるじゃねぇですかい」

銀次は馬鹿にする。

「なかには、悪い、陰陽師、いる」

「旦那、言葉がおかしくなりましたぜ」

「うへん」

「なんです、いまのは」

「困ったといったのだ。陰陽師言葉だ」

「嘘くさいなぁ」

銀次は薄ら笑いをしながら、それにしても千里坊という野郎は放っておけねぇ、と舌打ちをする。

「話はわかった。なんとか考えてみよう」

なにかあったら日本橋の、扇屋に来るようにと告げて、柳太郎と銀次はお琴と別れた。

五重塔が笑っている。

けたけたと声が聞こえた、といって柳太郎は足を止めた。

まさか。

銀次はそんなことがあるわけねぇと、鼻も引っ掛けない。だが柳太郎は確実に笑い声が聞こえていたのである。

物《もの》の怪《け》か……。

見上げると、かすかにおかしな煙が見えた。ただの煙ではない。そのなかに物の怪が隠れていた。

銀次には見えない。

「そんなことがあるわけねぇ」

「江戸には不思議が多いのだ」

「それは、ご隠居さんの言葉でさぁ」

「そうかもしれぬが、そうでないかもしれぬ」

「あのぉ」

「なんだ」

「さっきから言葉がべらぼうですが、なにかありましたかい？　ははぁ商売敵が出てきて頭がおかしくなりましたねぇ？」

「そんなことがあるわけない。陰陽師、嘘つかない」

「わかりましたから。本当に五重塔の化け物をなんとかしてくださいよ」

四

柳太郎は五重塔の上をじっと見つめて、手をひらひらとさせ、舞扇《まいおうぎ》を使っているような動きを見せた。

すると煙のようなものがすぅっと雲と一緒になり、そこからなにかが落ちてきた。まるで雷様である。

目の前に落ちたぼんやりした煙とも人ともなんともつかぬものを見て、目を凝らしながら、柳太郎が問う。

「お前は誰だ」

「金貸《かねか》し坊《ぼう》だ」

「はぁん？　あまり聞いたことのない物の怪だ」

「お前が知らねぇだけだろう。あちこちの金貸しには、たいてい俺《おれ》たちの仲間が取り憑いているんだ」

「千里坊にも誰かが取り憑《つ》いているということがいいたいのか」

「俺だ」

「はぁん？」

「最初は俺がくっついていた。だが、初めは金は貸さずに千里眼の力だけを貸した。後で儲《もう》かったときは均等に分ける約束をしていたのだ」

「ははぁ」

「だけどな。金が入るようになったら、野郎は五分五分にするという取り決めを反故《ほご》にしやがったのだ」

「つまり、お前は騙されたということか」

「そうかもしれねぇ。俺を騙すなどとんでもねぇ野郎だ」

「どうして五重塔などにいた」

「俺たちは高いところが好物なのだ。本当はもっと高い山などのほうがいいのだが、俺は高すぎると目がくらむのだ」

「おかしな妖怪だ。で、なにが望みなのだ」

「あの千里坊の奴め……」

金貸し坊は、じつに腹立たしいと口から泡を噴きながら、

「千里眼の力を貸していたのだが、それを奴は悪用し始めた。俺たちは人に幸せになってもらうために、力を使う」

いまはそれが実行されていない、と嘆く。

「ようするに、千里坊をやっつけたいのだな」

「ひと言でいえばそうなる」

金貸し坊は、苦悶《くもん》の表情を見せて、

「どうだやってくれるか」

「しょうがあるまい。こっちもいろいろあるからなぁ」

それはよかった、と金貸し坊はにやけた。

それまでじっとしていた銀次は、

「あのぉ……誰と話しているんです？」

「はぁん？」

「独り言をブツブツと言い続けていたらしいので」

どうやら銀次には金貸し坊が見えないらしい。

「あぁ、金貸し坊という物の怪と喋っていた」

「なんです、それは」

「まぁ、よい、親分、行こう」

「そのぶつ切りの喋り方はいつまで続くんです？」

「東海道は続くよどこまでも」

「……なんのことやら」

浅草奥山《おくやま》の芝居小屋の前には、娘たちが並んでいる。

評判の役者が出るからのようだが、柳太郎も銀次にも、それが誰なのか知らない。

看板を見ると、

「あれ？　この顔は？」

「音三郎ではないか？」

「どうなってるんです？」

牧野屋《まきのや》というその小屋の前で、柳太郎と銀次は呆然《ぼうぜん》として音三郎が天竺徳兵衛《てんじくとくべえ》の格好をして、凛々《りり》しい姿を見せる看板に呆《あき》れていた。

「よぉ！　元気か」

その声はご隠居さんである。

「また出ましたか」

「幽霊みたいにいうな」

「しかし、こんなところでなにを……あぁ、音三郎が出ているからですか」

「じつはな、この小屋は儂が持っているのだ」

「まさか」

「馬鹿者、江戸っ子、嘘、つかない」

「………」

ご隠居さんはにやりと頬を動かして、

「どうしたのだ、金貸し坊に会ったか」

「知っていたんですか」

「当たり前だ。儂はすべてを見通しておる」

「式神がいるからですかねぇ」

「わかっておるではないか、柳太郎よ」

ご隠居さんは、音三郎の芝居など下手《へた》で見てられないから、見なくてもよいとうそぶいた。

「ですが、あれだけの人気ですよ」

「蘭月の化粧がうまいからな」

「なるほど」

「それに、善吉の舞台装置がすばらしい」

「はぁ」

「だが、音三郎の芝居はいかぬ。あれはいかぬなぁ」

それほどひどいのか、と問うと、あれは舞台では大根だと笑った。

ご隠居さんは、ついてこいといって先に歩き出した。

奥山の人混みは、日本橋の駿河町《するがちょう》、十軒店《じっけんだな》、通町などの繁華街とはまた異なる。それは娯楽場が集まっているからだ。

東両国の芝居小屋とはまったく異なり、ひょっとこやおかめなどのお面や風車なども売る床店《とこみせ》が並んでいる。

親子連れも奥山では、遊山を楽しんでいる。

ご隠居さんは、例によって暑い暑いと手拭《てぬぐ》いで首筋や額を拭《ふ》きながら歩く。

夏の短い影が、床店だけではなく大店《おおだな》の屋根を映していた。

風も生ぬるく、大川沿いに出ると川風が気持ちよい。

大川橋《おおかわばし》が見えると、その正面にある料理屋にご隠居さんは入っていった。相変わらず、横柄な態度である。

女中たちは、下にも置かない応対をする。

常連なのか、と廊下を走り抜けようとする女中を捕まえて問うと、なにをいうのかと鋭い目つきで睨まれた。

どういう意味なのかわからずにいると、

「あのかたはこの店の持ち主です」

「なんだって！」

「知らずに来たのですか」

「まさか」

「ご隠居さんは、お金持ちなのです」

「ううむ」

ますます正体が見えなくなってきた。

式神を使い、芝居小屋主《あるじ》であり、料理屋の旦那でもある。

どうなっておるのだ？

「女中、ちと訊《き》きたいが、あのご隠居さんの名前はなんという」

「さぁ聞いたことがありません」

「普段は、どう呼んでいるのだ」

「ですからご隠居さんです。それ以外に呼び名はありません」

「ううむ」

名無しのご隠居さんか。

江戸には不思議なことが多すぎる。

五

部屋に入るとご隠居さんが訊いた。

「どうだ柳太郎よ」

「なにがです」

「決まっておるではないか。江戸の暮らしだ」

「はぁ？」

いまさらなんでそんなことを尋ねる。

「江戸の不思議に慣れたかと訊いておるのだよ柳太郎」

「まぁ、なんとか。しかし、金貸し坊などというのは訊いたことがないので、面食らってますが」

「そうであろう、そうであろう、そうでなくては面白くない」

「ところで、ご隠居さんの本当の名はなんです？」

「姓は、ご隠居、名は、さん」

「………」

わっはは、とご隠居さんは破顔させながら、名前はついてしまうと、それにこだわってしまうからいらぬのだ、と言い放った。

「ですが、ご隠居さんと呼ばれたらそれに縛られてしまうのでは？」

「ふん。小賢《こざか》しい。だから式神がおる。その者たちが違う儂を創り出してくれるのだ柳太郎よ。わかるか」

「さぁ」

「まだ陰陽師としては、小童《こわっぱ》だな」

面と向かっていわれたくはないが、自分でもそう感じることがあるから反論はできない。

「ところで千里坊だが」

「またなにかやらかしましたかい？」

銀次が身を乗り出した。十手をひらひらさせながら、すぐにでもしょっぴいてやる、という気持ちに溢《あふ》れている。

「どうやら、どこかに土地を買って、そこにどでかい建物を造るつもりらしいぞ柳太郎よ」

「なにをしようと？」

「自分の国でも造るつもりかもしれんな」

「国？」

「人を集めて、自分たちだけで暮らすという考えでも持っているのではないか」

「ははぁ。自分がそこの城主でもなるつもりでしょうか」

「そんなところであろうなぁ」

「ふざけたことを」

銀次が吐き捨てる。

「このままでは江戸の秩序が壊れてしまうぜ」

「ふむ」

ご隠居さんは、首を掻《か》きながら、

「そろそろやるか」

「やりますか？」

柳太郎が答えた。

「やるんですかい？」

銀次が十手を振り回した。

「あの三人を呼ぼう」

「そういえば……」

銀次が、ふと首を傾げながら、

「そば政のお道ちゃんはどうしてます？」

「惚《ほ》れたか親分」

「まさか、そんなんじゃありませんや。ここんところ会っていねぇから気になって訊いただけでさぁ」

ふふふと含み笑いをしながら、ご隠居さんは銀次をじっと見つめて、

「なるほど、なるほど。いま目と頬が同時に動いたな。ということは微笑《ほほえ》んだわけだ。つまり、お前はお道に懸想をし始めていると観ていいのであるな」

「じょ、冗談いわねぇでくださいよ」

「ほら、言葉がいつもと変わった。それは慌てているということだ。つまりは」

「わかりました、わかりました。その話はやめましょう」

慌てる様子にご隠居さんと柳太郎は同時に笑った。

「まぁ、よい。御用聞きが女に惚れてはいかぬという法はないでなぁ」

勘弁してくれ、と銀次はため息をつく。

「まぁ、よい。では策を授ける」

「あ、今度は私が」

柳太郎が身を乗り出したが、

「なにぃ？　小童は黙っていろ」

決めつけられて、柳太郎は不服そうな顔をするが、どうにもご隠居さんにはかなわない。


なんだって？

千里坊は、意味不明の文を手にして困っていた。

側近が戸口に落ちていた、といって持ってきたのだ。

いまの千里坊の住まいは、東両国から浅草奥山へと奥に進み、そこから鳥越《とりごえ》へ向かったところにある。

目の前が鳥越神社だ。

そこに住まいを構えたのは、鳥越神社や近所にある聖天様《しょうでんさま》へお参りに来る参拝客を当て込んでのことだった。

参拝した帰りに、迷っていることがあればすぐ寄れるようにと考えてのことだ。

いま、金はある場所に唸《うな》っている。

寄進をするものこそ、この世の福を得られるのだ、と言い始めたら、金持ちたちが競って金を持ってくるようになったのである。

「ふん、金貸し坊なんぞと付き合わなくても金は集まるではないか」

千里坊が金貸し坊と出会ったのは、芝《しば》の浜でぶらぶらしているときだった。

生まれは浦安《うらやす》である。

両親は漁師だったが、自分はそんな地味な仕事はしたくない、と子どもの頃からいつ家を出ようかと考えていた。

あるときの夕刻。

ぼんやりと沖を見つめていると、

「おんやぁ？」

船とも雲とも煙ともわからぬモノが視界に入ってきた。

物の怪か？

いままで見たこともない形をしている。

やがて、それが目の前に流れてきたと思ったら、人のような形に変化して、

「お前は金がほしいか」

いきなり訊かれた。

なにが起きているのか不安な気持ちを隠しながら、

「当然だ。金が欲しくない者がいるもんか」

その頃の名前は、千里坊ではない。

千次《せんじ》という名だった。いまから半年前のことである。ぶらぶらしていて親からは、小言ばかりもらっていた頃のことだった。

「どうしてそんなことを聞く、そもそもお前はなんだ。海のお化けか」

「金貸し坊というものだ。お前たちの目から見たら妖怪というのかもしれんな」

「ふん、偉そうに」

「金がほしいか」

「だから、当たり前だといってるんだ」

「では、俺と手を組まないか」

「なんだって？」

「お前を金持ちにしてやる。金を貸してやるのだ。その代わり……」

「条件があるんだな」

「人を幸せにするために、金を使うと約束しなければ手は組めない」

「妖怪が人の幸せを願うのか」

馬鹿な話だ、と千次は呟いた。そんな化け物がいるなど聞いたことはない。薄ら笑いをしていると、

「嫌ならこれまでだな」

「待て、待て、本当に金持ちにしてくれるのか」

「人を幸せにするなら」

そんなことは考えたこともないが、これから工夫してみよう、と千次は答えた。

「真の言葉だな？」

「嘘なんかいっても儲けにならん」

「ううむ」

金貸し坊と名乗った妖怪とも海坊主とも思えぬモノは、嫌そうな顔をしたが、

「まぁ、いいだろう。では、明日の酉《とり》の刻、浅草寺の五重塔に来い」

「なんのために」

「金持ちになるためだ。いやなら来なくてもよい。それまでに気持ちを決めておけ」

金持ちになれるなら、魂でも売り渡す。

千次は、翌日浅草五重塔の前に立っていた。

周囲を見回すと、ぶらぶら歩きをしている者たちが大勢いる。

なんだ、遊んでいるのは俺だけではないではないか。江戸っ子は遊び人のためにあるような町だ。

勝手にそう考えてしまった。

若い娘は小間物屋や呉服屋の前にたむろしている。

浅葱裏《あさぎうら》たちは、いかにも女を探しているような行動を取る。

馬鹿ばかりだ。

これから俺は、大金持ちになってこいつらを笑ってやるのだ……。

囁《ささや》き声が耳元から聞こえてきた。

振り向いたが誰もいない。

誰かの悪戯《いたずら》かと思ったとき、また声が聞こえた。

また振り向く。

「こっちだこっちだ」

声は天から聞こえてくるようだった。

「ここだ、ここだ」

空を見上げたが雲しかない。目を移動させて、千次はあっと言葉を漏らす。

「ここだよ千次」

「五重塔のてっぺんか！」

「いま降りるから待っていろ」

白い煙のようなものが五重塔のてっぺんから降りてくる。昨日のことがあるから、なにがあっても驚かない。

そこで、千次は金貸し坊と契約を結んだのであった。

それから二ヶ月の間、金貸し坊の力を借りて千次はどんどんのし上がった。それは予測以上の力だった。

やがて千次には野心が芽生え始めた。

これだけ好き勝手にできるのだ、もっと大儲けして俺だけの国を造ってやる。金貸し坊の力があればそれくらいはできる。思うような生活ができる。

金こそ我が生命だ。

だが、金貸し坊は思ったより尻《しり》の穴の小さい化け物だった。自分の国を造りたいと申出をしたら、そんなことに加担はしたくない、と断られた。

考えてみると、すでに千里坊は金蔵が唸るほど千両箱を持っている。蔵のなかには千両箱が十個はあるだろう。

寄進で生き方が変わる、などと普通ならまぬけな話を有り難がる輩《やから》がこんなにいるとは思わなかった。

江戸は面白いところだ……。

こうして千里坊は、土地探しを始めていたのである。

そんなときに届いた文なのであった。

六

ご隠居さんは、例のからくりを作ろうと策を練っている。

思案する顔を見ながら、

「地獄などはどうでしょう」

柳太郎が進言した。

余計なことをいうな、とまた怒鳴られるかと思っていたが、今度は、ふむそれは面白いと珍しく乗ってきた。

どんなことが琴線《きんせん》に触れるのか、その尺度が不明だ。

それでも、賛同してくれたことには違いない。

そばで聞いた銀次は、地獄などおっかねぇから嫌だ、というが、

「地獄を見たことがあるのか」

ご隠居さんが訊いた。

「あるわけねぇですよ」

「ならば、おっかないかどうかなぜわかる」

「そらぁ……」

見たことがないからであろう、とご隠居さんは当たり前のことをいう。

「人というのはだな。見えるわけがないものを見たり、見たことがないものを目の前にすると恐怖を感じるのだ。だから、一度見てしまえば親分がたとえ地獄に落ちたとしても、一度経験したことは怖くない。むしろ懐かしいかも知れぬではないか」

「はぁ？」

「だから、地獄を一度経験するとよいのだよ銀次親分さん」

「なんだか、よくわからねぇです」

まぁ、よいわとご隠居さんは立ち上がった。

「三日待て」

仕掛けを作るには最低三日が必要らしい。

それが長いのか、短いのか柳太郎には判断はできなかったが、とにかくそれだけの期間に、とんでもない仕掛けができ上がったのを見ている。

今度は地獄か……。

どこに行ったのか、ご隠居さんは部屋から出て行った。厠《かわや》だろうか。

呟いた柳太郎に、銀次が問う。

「さっきの見えるの見えないの、それだから経験せぇのと、どんな意味なんですかいねぇ」

「わからぬか」

「さっぱり」

「経験しろ、ということであろうよ」

「……ですから」

「人は経験が、ものをいうのだ」

「へぇ」

「一度地獄に落ちてみると、今度下手人を捕縛するとき、地獄に落ちろという言葉に真実味が増すだろう、とご隠居さんはいいたいのであろうなあ」

「本当ですかい？」

「そう思っていればよい、ということだ」

「陰陽師、嘘つかない、ですかい？」

「先にいうでない」

「あいすみませんです」

そこにご隠居さんが戻って来て、どんどん食ってもいいぞ、といいながらふたたび立ち去ろうとする。

「それはありがてぇ」

銀次は飛び上がった。

「どうせ、自分の金だ」

「はい？」

鼻白《はなじろ》んだ銀次を尻目に、ご隠居さんは部屋から出て行った。

残された柳太郎と銀次は、お互い顔を見合わせて、

「どうする親分、ここでなにか食っていくか」

「まっぴらごめんなすって」

「おいおい、勝手に帰るな！」

とんとんと階段を飛びながら降りる銀次の後を、柳太郎は追いかけた。


それから三日後。

ここは、浅茅《あさじ》が原《はら》。

右側は大川の名物場と知られる都鳥が多く見られる場所だ。

なるほどみゃぁみゃぁうるさいほど飛び回っている。

夏の光を受けた鳥たちの姿は美しい。

これが夜はもっと月光に光る鳥の姿が見られるだろう、と柳太郎がいって、

「旦那。やつらは鳥ですぜ。夜に活躍する馬鹿はいません」

目で笑われた。

これでは、ご隠居さんに小童といわれても仕方がない。

昼から夕刻にかけての頃合い。

大川の水面《みなも》は、光に揺れている。

遠くに見える橋の上では、小さな人間たちが陰を作っている。

のんびりした光景だが、これからなにが起きるのか、柳太郎は胸が躍っている。

最初はご隠居さんのやり放題に驚愕《きょうがく》し、やがて憤慨し、いまは期待している。

「やはり江戸に出てきたのは正解だった」

つい言葉に出てしまった。

「おやぁ、それは最初は江戸は嫌いだったということですかいねぇ?」

銀次がまぜっ返す。

「そうではない。たまたまだ」

さいですか、といつもなら突っ込んでくる銀次のはずだが、今日はなぜか大人しい。地獄を経験させてやる、とご隠居さんにいわれて、

「おっかねぇなぁ」

さっきからぶつぶつ言い続けているのだった。

「あれは、比喩《ひゆ》というものでないか」

「それにしても地獄に比喩とはこのことでさぁ」

「よくわからんなぁ、親分の言葉は」

「上方のお人にはわからねぇでしょう」

「そんな江戸言葉があるのか」

「さてねぇ」

やり返されたのか、と思ったがそうでもないらしい。本当に地獄は嫌いらしい。

弁天堂《べんてんどう》が見えてきた。

そろそろ空の陽が落ち始めている。地獄を見せてくれるというのだが、どんな仕掛けを作ったのか。

ご隠居さん一派がやることだから、ぬかりはないだろう。

弁天堂の前には、ひょうたん型の小さな池があった。

その周囲だけがなぜか暗くなっている。周囲は林になっているからだろうか。

柳太郎は周囲を見回してみた。

林になっている場所はそこだけではない。

それなのに、池の周辺だけが暗いのだった。

「どうなってるんです？」

銀次は、腰が引けている。

「はてなぁ」

どこからか声が聞こえてきた。

「おーやーぶーん……」

「はん？　なんですあれは」

「地獄からの声だな」

「やめてくださいよ」

まるでどこかに髑髏《されこうべ》でも落ちていそうな雰囲気だった。

地獄を作ると教えられていたせいだが、

「そうか」

柳太郎は気がついた。

その周辺が暗くなっているのは、高い山が池の後ろに聳《そび》えているからだ。

「あれ？」

銀次も気がついたらしい。こんなところに高い山などあるわけがねぇと呟いた。原っぱの浅茅が原に山などあるわけがない。

それができているから不気味である。

「これが地獄ですかねぇ」

「そんなことはないだろう。夜になるとまた光を浴びて別の顔を持つはずだ」

子狸《こだぬき》を騙したときと同じような手法かもしれないが、定かではない。

ここに千里坊が来るのだろうか、と銀次は首を捻《ひね》る。そうそう簡単にあの男が罠《わな》に引っかかるとは思えないのだ。

「ご隠居さんがやることだ。ぬかりはあるまいよ」

「まぁ、そうでしょうが」

会話を交わしているところに、後ろから足音が聞こえてきた。

旅装姿の女だった。

「あれは……」

お道ちゃん、と銀次が呟いた。どうしていつも旅装をしているのか？　聞いてみたいものだが、銀次も柳太郎も尋ねたことはない。

七

ご隠居さんたちは、例によってどこからともなく姿を現した。いままで、ただ隠れていたわけではないだろう。なにか仕掛けを作っていたに違いない。三人とも塗笠の下の顔に汗が噴き出している。

歩いてきただけでは、そこまで汗だらけにはならないはずだ。

天竺徳兵衛を演じているときとはまるで違う格好をするはずの音三郎も働いている。

塗笠の下は化粧っけなしである。

今度はどんな顔を造るのだろうかと思うと、少しにやついてしまう。あの二枚目が今度は地獄の閻魔《えんま》様にでもなるのだろうか。

なにしろ策はご隠居さんがひとりで練っていて、こちらにはまったく報《しら》せがない。千里坊をどうやって罠にかけるのか、それも教えてもらってはいない。

「なに、そんなことは知らずとも、かまわぬであろう柳太郎よ」

ご隠居さんは、不敵に笑うだけである。

塗笠三人組はしばらく動き回っていたが、柳太郎にはなにがどうなって、どこを仕掛けているのか、さっぱりわからない。訊いても答えはくれないだろうから、じっと待つしかなかった。


やがて、陽が落ちて人を見ても誰かわからぬ黄昏《たそがれ》どき。

山は暗くなってからその姿を変えていた。

月はまだ出ていないが、どこかから数筋の光が書割の山を照らしている。そこに見えるのはまるで剣山のようであった。

頂上は尖《とが》り何本か並んでいる。その数は見る場所によって二本に見えたり三本に見えたりするようであった。

どうやったらこんな仕掛けを作ることができるのか、一度訊いてみたいものだが、どうせご隠居さんのことだ、

「小童に教える義理はあるまいよ、柳太郎」

などといわれて腹が立つだけであろう。

ようやく仕掛けの用意が終わった頃、測ったように千里坊の姿が見えてきた。お道がそばによっていく。

なにやら話をしているが、内容は聞こえてこない。

旅装のお道は、千里坊をこちらへと誘いをかけているようである。

柳太郎は木陰に隠れてそれを見ていた。銀次は地獄は嫌だと、どこかに消えてしまった。

どこからか不動真言《ふどうしんごん》が聞こえてきた。

おんばさらあらたんのうおんたらくそわか

千里坊は真言が聞こえだしてから、呆然と佇んでいる。

お道はいつの間にか、消えていた。

木陰から見ていると山の頂きがぱちぱちと光輝いたり、それが消えて黒くなったり、白く変化したりと目まぐるしい。

おそらくは頂きが三色になっていて、光を当てているのだ。それを後ろからくるくる回しているために、光の当たった色に変化しているに違いない。

さらに、中腹からは火が噴き出している。

千里坊はただ突っ立っているだけである。

山の中腹からなにやら派手な格好をしたモノが尾根を破ったように姿を表した。

「な、なんだあれは？」

髭面《ひげづら》の大男だった。

白と赤がまだらになった陣羽織のようなものを羽織っている。後ろの山は地獄山の風情である。そこから出てきたのは、閻魔《えんま》。

驚いたのかその怖さが伝わっていないのか、千里坊は、こそりとも動かない。

おんばさらあらたんのうおんたらくそわか
真言の響きが高くなった。

千里坊の体が揺れ始めた。

閻魔の音三郎がすぅっと水すましのような動きで、前に出てきた。

「ぎゃ！」

閻魔は千里坊を抱えて山の上に登っていく。もちろんはりぼてだから本当の山ではない。横ちょに階段が作られていて、閻魔はそこを登っていったのだ。

千里坊は動転したままだから、なにが起きているのかわからぬのであろう。さらに真言が判断力を低下させているのである。

「柳太郎、お前の出番だ」

どこかから、ご隠居さんの声が聞こえた。

相変わらずどこから伝えているのかまるでわからない。考えられることは、長い竹の筒を使ってこちらに伝えてるということだ。

竹筒の端で声を出すと、それが先に伝わる。その結果、本人はいなくても場違いのところで声が響くのだ。

「奴の舌を抜く、といえ」

頷《うなず》いた柳太郎は閻魔が登っていった階段を踏みしめた。

縮こまった千里坊は、閻魔に抱えられたままになっている。

柳太郎は、階段の一番上から声をかけた。

「お前はなにをしようとしているのだ」

おそらく閻魔が話しかけているように感じたことだろう。

「あ、いえ……」

「金貸し坊を知っているな」

「は、はぁ」

「あの妖怪はどんなことを頼んだ」

「はい、人を幸福に……」

「そのために力を貸していたのだな」

「…………」

「だが、お前はそれを裏切った。あまつさえ金貸し坊を邪魔と追いやって、今度は自分だけの国を造ろうなどと不届き千万なことを考えだした」

「あ……」

「そんなことをしたら、舌を抜くぞ」

「あわわあ」

「二度と千里眼の力など使うでない」

「いまは、その力はありません。金貸し坊が逃げたからです。私は奴の力を借りて誰も苦労のない国を造ろうとしているだけです」

「嘘をつけ！」

その声は柳太郎ではなかった。

夜空からその声は届いていたのだ。

あっと思ったときには、閻魔と一緒に千里坊の体が空に昇り始めたではないか。慌てて閻魔の音三郎は千里坊の体を柳太郎に手渡した。閻魔は下に降りた。

「お、お、おいおい」

今度は柳太郎が千里坊と一緒に天に登り始めた。

「これはたまらん」

柳太郎は慌てるがどうにもならない。

そこで手を離すと千里坊は地面に打ちつけられてしまう。打ちどころが悪ければ命を落とすだろう。いきなり夜空に舞い上がったせいか千里坊は、失神してしまった。

「おいおい、お前は金貸し坊か」

柳太郎が話しかけた。

「こんな嘘つきはこうして、空から落としてやる」

「ま、待て。それでは俺も一緒に落ちてしまうではないか」

「お前は陰陽師だろう。なんとかしろ」

「無理だ」

「では、受け止めてやる」

「とにかくそんな無茶はやめろ」

「無茶をやったのは、千次の野郎だ」

「こいつは千次というのか。とにかくわかった。お前の話は後でじっくり聞くから、地面に投げつけるのはやめろ」

「では、こいつをどうするつもりだ」

「こうしよう。俺は降りるからこの千次だけを空まで連れて行け。そして落として地面でお前が受け止めるのだ」

「それでは助けることになる」

「違う。そうしたらこいつは、高い所が怖くなるはずだ。もともと力などないのであろう。お前の力がないとなにもできぬ。いまから舌を抜いてやる、と脅かす。そうしたら俺だけを降ろして、天に揚っていけ」

金貸し坊は、考えているようであった。

「こいつが溜《た》め込んだといわれる千両箱を、みなに分け与えるといい。そうしたら人は救われるではないか」

「なるほど。だが、どうやって金を町民たちに渡せばいいのだ」

「盗人になれ」

「なにぃ？」

「形だけだ。形だけ盗人になって盗んだ金だといって長屋でばらまけばよい」

「ううむ」

金貸し坊は、黙った。柳太郎は口説き続ける。

そうしなければ、いくら悪だとしても命を失くすことになってしまう。

しばらくして、金貸し坊はわかったと声を鎮めた。

とたんであった。

千里坊の体だけが夜空に昇り始めた。

しばらく経《た》ってから、

「わぁわぁわぁわぁ！　助けてくれぇ！」

どん。

地面に落ちる寸前、金貸し坊が千里坊の体を受け止めた。

すかさず柳太郎が側《そば》に寄り、

「よいか。いまのままでは本当に閻魔に舌を抜かれるぞ。嫌なら貯《た》めた千両箱を俺に渡せ。そうしたら助けてやるがどうだ！」

「はいはいはい。わかりました。もうしません。金もみなさんにお返しします。余った金は困っている人たちに」

「二言はないな」

「あい、はい、あい、はい」

目を回しながら、千里坊は何度も頷くのだった。

八

はらはらと病葉《わくらば》が風に舞っている。

蟬《せみ》の声が激しく響くご隠居さん宅である。

濡れ縁にあぐらをかきながら、ご隠居さんは酒を飲んでいた。

まだ昼前である。

ひと仕事が終わるとこうやって、庭を見ながら昼前から酒を飲むのがご隠居さんの流儀らしい。

「千里坊はどうなったのだ」

「あれから高いところが嫌いになったようです。高いところが好きではないと金貸し坊の力を使うことはできません」

「なるほど、それはよかったなぁ柳太郎よ」

「今度もありがとうございました」

「なに、礼は音三郎にいえ」

「しかし、いきなり千里坊を渡されたときには肝を冷やしました」

隅に控えている音三郎を見たが、無表情のまま目だけ柳太郎を見つめる。隣で蘭月が目で笑っていた。

今日は、お道も控えていた。

「あの千里坊という人は、本当に力がないのに千里眼になれたのですか?」

「金貸し坊の力を借りていただけであろうなぁ」

柳太郎が答えると、

「だが、最後のほうは自分でも千里眼のまね事をしていたとうちのお客さんから聞くことができましたよ」

その言葉にご隠居さんが応じた。

「なに、それは占い師たちがやる常套《じょうとう》手段を使っただけであろうよ。ようするに、どっちつかずのことをいえば、人は自分のことをいわれたような気になるものだからなぁ」

「そんなことをいってしまったら、身も蓋《ふた》もありません」

柳太郎は反論するが、ふふふ、まだ青い小童だ、と背中を向けてしまった。

もっとも、柳太郎にしてもときどき誘い水をかけることがある。そうされたら、人は自分で自分のことを喋ってしまうものなのである。

それをさも、こちらが透視の術を使ったように見せかける。

「陰陽師など、そんなものだ」

ご隠居さんは、しらじらしい声を出した。

しかし、そういいながらも、

「だが、本当に力を使っておるものもおる。まぁ、柳太郎はそちらの類《たぐい》らしいからな。ふふ」

そう答えたご隠居さんの肩に、揚羽蝶《あげはちょう》がひらひら飛んでいた。

四話　空の風呂敷

一

夏が暴れていた。
暑いのである。
空の光は容赦なくご隠居さんの庭を干上がるほど射ている。
「暑いなぁ柳太郎よ」
真昼間から、酒を飲んでいる。
濡《ぬ》れ縁《えん》にあぐらをかいているのだが、暑いせいか番傘を指しながらだ。
日傘の代わりらしい。

「わざわざ暑いのに、そんなところにいるからです」

柳太郎の答えはしごくまっとうである。

「しかし、これがいいのだ柳太郎よ」

「なにがです」

「暑いときに飲む熱燗《あつかん》だ」

「そうですか」

「お前もやってみろ」

「いりません」

「愛想がないのぉ」

「蘭月さんが入れてくれた麦湯があります」

これが好きなのです、と柳太郎は答えた。蘭月が入れてくれる麦湯は絶品である。

蘭月は側《そば》にいるが、例によって塗笠を被《かぶ》ったままのため、どんな顔をしているかよくわからない。暑くないのかと思うのだが、

「心頭滅却しております」

と答えるだけだった。

まるでどこかの和尚のような答えである。

そういえば、蘭月には似たような雰囲気がある。出家でもしているのではないか。

「まさか」

つい口に出てしまった。

「なにが、まさかなのだ柳太郎よ」

「ご隠居さん、いちいちその名前を呼ぶのは」

「嫌か」

「まぁ、その……」

「よいではないか柳太郎よ。お前は賀茂家の末裔《まつえい》であろう」

「そういうことになっています」

「ならば、その名に責任がある」

「はぁ」

「どうして柳太郎と名付けられたか知っておるか？」

「さぁ」

父にも母にもそんなことは聞いたことがない。聞かされたこともない。改めて訊《き》かれたら、どうして柳なのだろう。

「それはな」

柳のように生きろという意味だ、とご隠居さんは答えた。

「柳のように」

「そうだ、柳のように腰が強く、風が吹いたら抵抗するのではなく、折れながらやりすごす。柳の木とはそういうものではないか」

「なるほど」

「それがお前さんの生き方なのだ柳太郎よ」

「いま気がつきました」

わっっはは、とご隠居さんは笑った。

「それならそれでよい」

これから、柳の木を意識して生きるのだな、とご隠居さんはいった。

柳太郎は、静かに頷《うなず》いた。

「よかったですねぇ」

蘭月が、もう一杯麦湯を飲むかと訊いた。

「いただきます」

すぅっと柳太郎の側に寄ってきて、蘭月は囁《ささや》いた。

「柳の木、私好みでございますよ」

ふぅっと気持ちのいい風が吹いた。

匂《にお》い袋でも身につけているのか、蘭月から爽《さわ》やかな香りが漂ってきた。

「いい香りだ」

ふふっと笑顔が見えた。

「初めてです」

「はい？」

「蘭月さんが微笑《ほほえ》んだ」

「そうでしょうか」

「きれいな笑顔だ」

といっても笠で顔全体は見えない。顔半分しか見えないのだからどんなことを考えているのか知りようがない。

目は口ほどにものをいうのだ。

そこに、どたどたと無粋な音が聞こえてきた。

銀次である。

この御用聞き、この頃少々名前が売れてきた。おかしな事件に関わり、それを見事に解いてみせていると噂《うわさ》になっているのだった。

現場を見たものは誰もいないというのに、どうしてそんな噂が広まるのかと柳太郎は疑問だったのだが、

「なに、あれは自分で流しているのだよ」

あっさりとご隠居さんが謎《なぞ》を解いた。

「そうなのですか」

「それ以外誰がいる」

「誰か見ていたものが話を流したということは」

「あの仕掛けを誰が見ていたというのだ」

「さぁ、江戸には不思議なことが多いのではありませんか？」

「それとこれは話が違う」

杯《さかずき》を口に近づけながら、ご隠居さんは答えた。

そうかなぁと柳太郎は心で思うが、口には出さなかった。

「どうした親分」

首を掻《か》きながら、銀次はじっと柳太郎の顔を見つめて、

「この世は不思議なことだらけですぜ」

「どうしたのだ。品川沖に幽霊でも出たか、それとも五重塔が倒れたか、それとも、大川に鯨が上ってきたか」

「どれも違いますさぁ」

「では、なんだ」

しきりに首を傾《かし》げながら、銀次は、

「空《から》の風呂敷《ふろしき》はどんなときに使いますかねぇ」

といった。

「空の風呂敷とはなんだ」

「なんにも包んでいねぇ風呂敷でさぁ」

「そんなことはわかっておる」

「一昨日のことなんですがね」

十手《じって》を掌《てのひら》でぐりぐりさせながら、銀次は語る。

場所は、上野広小路だった。

見回りをするつもりで御成街道《おなりかいどう》を歩いていた。

御成街道から、不忍池に向かいさらに三橋《みはし》の辺りに着いたとき、

「あれ？」

不思議な光景に銀次は足を止めた。

「なんだ、あれは？」

呉服屋の大きな暖簾《のれん》の前を通り過ぎて行った娘がいる。

渋茶の小袖《こそで》を着た二十歳前と思える娘だった。

丸髷《まるまげ》の簪《かんざし》が光に映えている。

真っ白な足袋《たび》が目を射るような町娘だ。一瞬、武家の娘かとも思ったが、髷が武家風ではない。

いそいそと歩いているのだが、手に持っているものが銀次の目に止まったのだ。

それは風呂敷である。

それがなにも包んでおらぬのだ。空の風呂敷である。

ていねいに畳まれているのだが、あきらかに風呂敷だけとわかったのは、平たいからであった。なにか物を包んでいれば、厚みが出るはずだ。だが、それがな

かった。

「なんだ？」

畳まれた風呂敷を、娘はうやうやしく捧《ささ》げるように持ち運んでいるではないか。

高価な風呂敷には見えない。

だれでもが持てるような木綿の風呂敷である。

「どうなっているのだ？」

声をかけて止めるほどではない。

別に世間を謀《たばか》っているわけでもなければ、迷惑をかけているわけでもない。

だが、銀次は気になった。

「あの娘、どこに住んでいるのかつけてやる」

行き先を突き止めようと、銀次は尾行を始めた。

娘は三橋から下谷《したや》山下《やました》の方へと向かう。

東叡山寛永寺の屋根が夏の光でてかてか黒光している前を過ぎて、右に曲がった。

その辺りは、寺が並んでいる。

娘はさらにそのまま進んだ。

入谷《いりや》からまだ奥へ行き、鬼子母神《きしぼじん》で知られる真源寺《しんげんじ》まで来た。

「こんなところまで……恐れ入谷の鬼子母神だぜ」

その間、風呂敷を捧げ持ち続けているのであった。

「あの風呂敷になにかいわれでもあるのか？」

そう思わざるをえない。

目を凝らしてみたが、どう見てもただの風呂敷でしかない。

娘は真源寺の境内前でようやく足を止めた。

まだ風呂敷を捧げ持ち続けている。


「で、どうなったのだ？」

興味を持ったのか、ご隠居さんが顔を向けた。

「へぇ、それがじっとそこに突っ立っているだけなんです」

「ほう」

「境内には入らなかったのか」

柳太郎が訊くと、

「へぇ、そうなんでさぁ。それから今度は、うやうやしくもっと風呂敷を小さく畳みましてね、袂《たもと》に入れてそのまま戻りました」

「住まいはわかったのか」

「ぬかりはありませんや」

娘は山下に戻り、三橋から御成街道に向かった。

そのまま神田川方面に直進して、筋違御門《すじかいごもん》の前にある長屋に入っていったというのである。

「長屋といっても、九尺二間の割長屋じゃありません。二階もあるけっこうなところでして、へぇ」

「ふむ」

これは面白い、とご隠居さんは呟《つぶや》き、

「柳太郎、またまた出番らしいぞ」

「はい？」

「どうだ、その空の風呂敷の謎、解いてみぬか」

「はぁ」

本当のところ、あまり興味はない。

「そんな浮かぬ顔をするな。江戸の陰陽師《おんみょうじ》はけっこう忙しいのだ」

わっははは、と笑うご隠居さんに柳太郎は、ため息をつく。

二

柳太郎は銀次を伴って神田川沿いを歩いている。

この辺りは柳の木が連なっていて、柳原土手と呼ばれるところだ。

夜になると夜鷹《よたか》が集まり少々いかがわしい景色があちこちで見られるようになるのだが、いまはまだ午後の八つ下がり。

そんな怪しげな雰囲気はない。

なかには涼もうとしているのだろうか、柳の木の下で寝そべっている男もいるが、こんなところではそれほど効果はないだろう。

男の側を通りすぎようとすると、

「おいおい」

「はぁ？」

銀次が足を止めた。

仕方なく柳太郎も歩きを止める。

「おぬし、人ではないな」

柳太郎を見ていった。

「なんだって？」

いきなりなんだ、この男は。

「そうではないか」

「なにがだ」

「儂《わし》はいまなにをしていた」

「寝ていただけではないか」

「それがいかぬ」

「意味がわからぬぞ」

「儂は寝ていたのではない、熱気に当たって倒れていたのではないか」

「…………」

起きているではないか、といおうとしてやめる。続きが訊きたいと思ったからだ。

「それをなんだ、素通りとは」

浪人髷の男がなにをいおうとしているのか、意図が摑《つか》めない。

「だから、人ではないと申した」

「おぬし、浪人か」

「そんなことはどうでもよいのだ。おぬしは同じ侍なのに倒れている仲間を見捨てようとした。したがってそれを江戸では人でなしという」

「見逃したから、人ではないと」

「ようやく理解したらしい」

江戸にはおかしな者がいる、と内心笑いながら、

「で、なにがいいたい」

「なんだって？　わからぬのか」

「まったくわからん」

見ると着ているものは、泥のような色である。

腰に差している刀もおそらく竹光だろう。重みが感じられないのだ。鐺《こじり》は禿《は》げ、柄《つか》もぼろぼろである。鞘《さや》はあちこち削られたように白木がむき出しだった。

「おぬし、仕官はしておらぬらしいが、浪人とはいえ仕事はあるであろう？」

「馬鹿《ばか》なことを聞くな」

「はて」

「この儂に仕事を世話する者があると思うか」

「これはしたり」

まるで悪びれない態度に、柳太郎は呆《あき》れてしまった。

「だから、侍仲間として助けるのがおぬしの役目である」

浪人は勝手なことをいう。

「訊いたことがないぞ、そんな話は」

「いま、話した」

ああいえば、こういう男である。

浪人は、ふたりのやり取りを聞いている銀次に目を向けた。さっきから黙っているから、かえってなにを考えているのか不気味らしい。

先に柳太郎が声をかけた。

「銀ちゃん、どうするかな」

「ははぁ」

十手は懐《ふところ》に隠しているから、いまは柳太郎のお供という風情である。

「旦那《だんな》……さま。ご随意に」

投げ出したらしい。面倒くさいのだろう。

「そうか。では、仕事もせずに人に金をせびろうという輩《やから》などは懲《こ》らしめてやるのが一番の薬だな」

「旦那さまがそういうならどうぞ」

「ふふふ」

ふたりは絶妙なやり取りを見せる。芝居っけ十分だ。

「では、おいそこの貧乏人」

「なんだと？」

いきなりずばりといわれて浪人は、血相を変えた。

つと腰を落としたが、刀には手をつけない。竹光だからだろう。

「戦うつもりらしいがやめておけ」

「むむむ」

「声をなくしたかな？」

「おぬし、何者」

「問われて名乗るほどの名ではない。なに、江戸の陰陽師とでも覚えておいてもらおうか」

「なんだって？」

「姓は賀茂だが、ネギはしょっておらぬ」

「むぅ」

「こんなところで人から金子をもぎ取ろうとするなど、言語道断。そこに直れ」

「ちと待て、待て、待て、待った！」

掌を広げて前に突き出した。その見得を切った姿は、まるで歌舞伎《かぶき》の一場面のようである。

「おぬし、役者か」

柳太郎の問いに浪人は首を傾げ、

「はぁ？　なぜだ」

「いや、よい。で、待ったといったということは、次があるであろう。謝るなら斬《き》らずに首をそのままつけておいてあげてもよい。でなければ、その首と胴体は泣き別れになってしまうがよいか」

「だから、待てと申しておる」

あぐらをかいて、座ってしまった。

「もうよい。どうせ長い命ではないのだ。おぬしのように名のある陰陽師に斬られてしまったほうが、よい」

「なんだって？」

「さっぱりきれいに首を落としてくれ。そうしたら国の子どもたちに、お前の父親は立派に斬られたと伝えてほしい」

「………」

柳太郎が、困り顔をしているのを見て、

「旦那、あれは騙《かた》りですぜ。あんな話を信用しちゃならねぇ」

言い終わると銀次が、十手を取り出した。

「やい、さんぴん！　てめぇこの旦那が甘ちゃんだと思って、騙りをやろうとしたな。ふてぇ野郎だ」

十手の先で額をつんつん突いた。

「あ、あわ、あれ、これは、親分さんか」

驚愕《きょうがく》の目で銀次を見つめる。

「命がねぇなどといって、国はどこだ！　はっきりいえねぇだろう」

「いや、いや、ある、国はある」

「そらぁあるだろうよ。だからどこだと訊いているんじゃねぇかい」

「いや、それは」

「この甘ちゃん旦那から騙り取った金をどうするつもりだ。命がねぇなどとふざけたことをいうんじゃねぇ。そんなに顔色がいい命の少ねぇ野郎なんざいるもんか」

「は、はぁ……」

浪人は、銀次の啖呵《たんか》に恐れ入っている。

「ふん。恐れ入谷の鬼子母神だ、わかったか」

なんだか意味はよくわからぬが、銀次の言葉に浪人が恐れ入っていることだけははっきりしている。

「命が短いというのは騙りか」

柳太郎は呆れて訊いた。

命乞《いのちご》いだけではなく、騙《だま》されようとしていたと気がついたら、だんだん腹が立ってきたらしい。

「本気で斬りたくなったぞ」

「いや、いや、陰陽師どの。賀茂どの。ご勘弁願いたい。こうでもせぬと国の妻子を養うことができぬのだ」

思わず、また信用しそうになり、

「だから、どこまで嘘《うそ》を塗り固めるんだい」

あっさりと銀次に見破られている。

「今度騙りをやるときには、人を選ぶんだな」

負け惜しみをいう柳太郎に、

「じつは、儂はもとは八卦見《はっけみ》であったのだ」

「また嘘か」

「違う、違う、これは本当だ。手相、人相、運命、定め。なんでも観るのだ。特に観相は得意なのだ」

「その力があるなら、どうして罔っ引きを見抜けなかったのだ」

「ううう。あまり腕はよくないらしい」

本気ともなんとも取れぬその返答に、柳太郎は思わず笑ってしまう。本来はそれほど悪人ではないらしい。

「だがな。おぬし、賀茂さんの顔をよく見てみると、これは素晴らしい」

「なんだって？」

「おぬしは、人を助ける相である。それも側に来たものを幸福へと導く。そのような力を持っておる。なかなか稀有《けう》な人相であるぞ。これからの人助けに励めよ」

「なにを偉そうに」

銀次が怒鳴ると、うへぇと肩をすぼめて、

「いや、これだけは本当だ。俺の八卦は当たるのだ」

「だから、どうして俺が御用聞きだと見抜けなかったんだい！」

「は、いや、それは……つい金に目が眩《くら》んだ。だが、これだけはわかる、おぬしたちは人に会いに行くところだろう。だが、そこには苦難が待っておる。怪しい世界がふたりの後ろについておるからな。それだけは気をつけたほうがいい」

「お前にそんなことはいわれたくねぇぜ」

呆れ顔で銀次は吐き捨てた。

「旦那、行きましょう」

さっさと銀次は離れていった。

柳太郎も、一度浪人を見てから離れた。

「気をつけろよ！」

後ろから、心配そうな声が飛んできた。思わず振り向いて礼をいいそうになって、柳太郎は苦笑いをした。

三

柳原の土手を過ぎて佐久間町《さくまちょう》の長屋に入った柳太郎と銀次は、溝板をどたどた踏みながら奥へと進んだ。

井戸端には誰もいない。

昼過ぎだし、暑いからだろうか。

普段なら洗濯をする女房連を見ることができるはずだと銀次はいうが、人っ子ひとりいず、不気味な雰囲気に包まれていた。

「おかしい……」

柳太郎がつぶやいた。

「なにがです？」

「物の怪《もののけ》だ」

「はい？」

「どこかから誰かに見られている」

やめてくれと銀次はいうが、

「この長屋はおかしいぞ」

「なにがです」

「なにかに取り憑《つ》かれているとしか思えぬのだ」

「狸《たぬき》じゃありませんやねぇ」

「そうそう狸が側にはおらぬであろうよ」

「ううむ」

では、なんだろうと銀次は怖そうな顔をしながら、

「まぁいいですよ。あの娘を探しましょう」

長屋全体にどこか覇気が感じられない。

夏のせいでみな茹《ゆ》だっているのかもしれねぇ、と銀次はいうが、

「そうではないな」

柳太郎は、慎重に周囲を見回す。

こんなときくらい陰陽師の力を見せないといけない。

夏の光は通りを歩いているとき、輝いていた。

だがこの長屋に入ったとたん、その光は力を失ったように見える。光がしおれているのだ。

「おっと、旦那……なにをするんです」

いきなり刃《やいば》を抜き出した柳太郎を見て、銀次が慌てる。

その言葉が聞こえていないのか、柳太郎はぎらりと抜いた刀を天に向けた。

ぶつぶつとなにやら呪文《じゅもん》を唱える。

と――。

どういうわけか、刀に水滴がつき始めた。

玉の水がつつつーと切っ先から鍔《つば》まで流れ落ちている。途中で水玉がふたつに割れてしまった。

「なんです、それは？」

恐怖の目をする銀次に、この長屋にはやはり物の怪がいる、と柳太郎は答えた。

「なにがいるんです？」

「そこまではわからぬが」

「韋駄天《いだてん》で探してくださいよ」

「それは力の使い道が違うではないか」

「さいですかい」

「この長屋に本当にその娘は戻ったのだな」

「あっしの腕を疑ってるんですかい」

「そうではない。この長屋の佇《たたず》まいを見ると、物の怪に騙されたということがあるかも知れぬから訊いたのだ」

「ははぁ」

長屋には、左右五軒の住まいが建っている。

すべてが二階屋だから、裕福な者たちが住む長屋なのだろう。

だが、いまはその雰囲気がまったく見えない。

まるで貧乏神でもついているようである。

「そうか……」

納刀しながら、柳太郎は気がついた。

「ここに取り憑いた物の怪がなにかわかった」

「といいますと？」

「貧乏神だ」

「はぁ？　貧乏の神様が取り憑いたというんですかい？」

「そうとしか考えられぬ」

「……そういわれてみると、この薄ら寒い感じは貧乏長屋の雰囲気だなぁ」

ぶるぶるおっかねぇなぁ、と銀次は肩を震わせながら、

「どうしてこんなところにお化けがくっついているんです？」

「それは、わからん」

「陰陽師でしょう」

「そういわれてもわからぬものはわからぬ」

「ご隠居さんならどうですかねぇ」

そうか——。

あのご隠居さんなら、ひょっとしたらここに来てなにかを見つけるかもしれない。

柳太郎にはご隠居さんに関して、ひとつの推量が生まれていた。

江戸の陰陽師であるのは間違いないだろう。

表向きはただのご隠居さんと見せているが、じつは陰陽師である。

そして、その名は恐らく……。

「蘆屋《あしや》道満《どうまん》の末裔……」

蘆屋道満は安倍晴明と術の力比べをしていたことで知られる。

平安時代の陰陽師である。

その末裔だとしたら、あのご隠居さんの不可思議な態度も得心がいく。

皮肉な物言い。

ちょっと他人を小馬鹿にした態度。

嫌味をいいながらも最後は人を助ける。

幼いときに父から聞かされた蘆屋道満その人であった。

そうすると、安倍晴明の末裔もどこかにいるのではないか、と思えるのだがあまり気にしないことにした。

これに安倍晴明の末裔が絡んできたら、江戸は平安陰陽師の血を引く者たちの根城になってしまう。

それならそれでもいいのだが、いまはご隠居さんだけで十分である。

「なにを考えてるんです？」

突然、黙ってしまった柳太郎を見て、銀次は自分がなにか不機嫌を招くような行動を取ったのではないかと気になったらしい。

「いや、すまぬ」

「いえ、謝られるほどのことではありませんがね」

「ちと、考え事をしていた」

「ご隠居さんのことでしょう」

「わかるか」

「自分でいいましたよ。小さな声でしたが」

「あぁ、そうであったか」

つい言葉を漏らしていたらしい。

もっとも、銀次に蘆屋道満の話をしても通用しないだろう。

ならば、黙っていた方がいい。

「ご隠居さんがどうかしたんですかい？」

「いや、あの人なら真《まこと》を見ることができるかもしれぬ、と思ったまでだ」

「へぇ」

「なんだ、その顔は」

「いえね。旦那はご隠居さんのことはあまり好きではないかと」

「そんなことはない」

「好きなのは、蘭月さんでしょう」

「親分が好きなのは、お道ちゃんであろう」

お互い言い合って、顔を見合わせてから、がははと笑い合った。

その声が長屋に響いた。

声を聞いたからだろうか、木戸から三軒目の戸口が開いた。

四

そこから出てきたのは、四十は過ぎているだろうと思える女だった。

銀次が首を振ったのは、あのときの娘ではないといいたかったからだ。

「だが、おかしい」

首を傾げて、銀次がいった。

「あの娘が住んでいるのはあの三軒目だったのだが」

「母親ではないか」

柳太郎が推量する。

「そうかもしれねぇ」。

話を訊いてきます、と銀次は女のところまで進んだ。

柳太郎は動かずにいた。ここでも会話は聞こえてくる。聞こえなくても口の動きでなにを喋《しゃべ》っているのか、わかるのだ。

銀次は、女の前に立つと、

「あんたは？」

十手をちらりと見せた。御用のものだと暗に示したのである。

女は、はっとして、戻ろうとしたが銀次に肩を掴まれて動けなくなる。

「どうして逃げる」

「いえ、逃げるのではありません」

娘と変わるのだ、と答えた。

「娘がいるのか」

あのときの娘だろう。むしろそれならそのほうがありがたい。直接、あのときの娘に空の風呂敷の件を問い質《ただ》したい。

「いるのか」

「はい、臥《ふ》せっておりますが」

「臥せっている？」

空風呂敷を運んでいたのは、つい一昨日だ。その間になにが起きたのか。

「病なのか」

「気伏せでしょう」

「なにか原因があるのかい」

「さぁ、私にもよくわかりません。いろいろ問い質しているのですが」

会話を聞いていた柳太郎は、ふたりの前に進んだ。

「それは、貧乏神がついてしまったからだ」

「はい？」

女は柳太郎の顔を見て怪訝《けげん》そうである。

「あぁ、私は賀茂柳太郎と申してな。陰陽師をやっておる」

「陰陽師ですか？」

京と違って江戸では陰陽師という名の通りはよくない。ご隠居さんが陰陽師として売っていないのは、そのせいもあるのだろう。

「八卦見のかたですか？」

苦笑しながら、そんなものだと答えた。

正確にいうと八卦見ではない。だが、そんな話をしたところで意味はない。

「近頃、娘さんはどこぞの神社、あるいは山の上などには行っておらぬか」

「はい、よく寺歩きなどをしていたようです」

「主にどこだな」

「それは、よく訊いたことがありません。七福神巡りなどもしていたと思います」

「七福神か」

なにやら気がついたのか、柳太郎が得心顔になった。

「なにかわかりましたので？」

女が勢い込んだ。

「いや、そうではない。まだわからぬ。ただ予測はたつ。娘さんに会いたいのだが」

はい、どうぞといって障子戸に手をかけた。


娘はお富《とみ》という名で、自分は民《たみ》だと女は答えた。

旦那は五年前に亡くなっているという。そのわりには、二階長屋に住めるのはそれだけの蓄えがあるということなのか、と銀次は疑った。

「いいえ、私がほそぼそと仕立ての仕事をして食い扶持《ぶち》を稼いでおります」

客は大店《おおだな》の娘やご新造さんが多いので、いい稼ぎになっております、と答えた。

その返答で、銀次も得心したらしいが、病人を二階に寝かせているのは、解せねぇと銀次が問う。

「臥せっているといっても、気伏せですので」

体が蝕《むしば》まれているのとは異なるというのである。

そうか、とこれも頷いた。

「じゃ、こちらへどうぞ」

お民が案内をする。

部屋のなかに入ったとたん、柳太郎は難しい顔をしてこめかみなどを揉《も》んだりしている。

「どうしたんです?」

問われて、柳太郎は困り顔をする。

答えていいのかどうか、迷っているらしい。

「旦那……真の話をするほうが世のため人のためですぜ」

「そうか」

たまにはいいことをいう、と銀次を褒めてから、

「この家には、やはり貧乏神が住んでいる」

「住んでる?」

「取り憑いているというよりそのほうがはっきりするであろう?」

「確かに」

住んでいるとはどういうことか、とお民は訊いた。

「文字通り、お前たちと一緒に住んでいるのだ。しかも……」

そこで、柳太郎は言い淀《よど》んだ。

「なんでも教えてください。驚きません」

必死の顔でお民がすがる。

「ではいおう。この貧乏神は、お富さんに惚《ほ》れておるらしい」

「はぁ?」

びっくり声を出したのは、お民ではない。銀次だった。

「貧乏神が女に懸想をしている?」

なんてこった、どこにいるかもわからぬ貧乏神に向けて十手を振りかざした。

「お富さんの気伏せはそのせいだ」

梯子段《はしごだん》を使って二階に上がった。

お富は、蒲団《ふとん》のなかで横になっていた。

顔色はそれほど悪くはない。とても病人とは思えないから、やはり気伏せなのだろうか。

柳太郎は、しばらくお富の顔を見ていたが、

「どうだ、病は」

やさしく声をかけ続ける。

「鬼子母神にまかせようとしたのだな」

お民にはなんのことかわからないだろうが、他の三人は知っている。

真源寺に行ったときのことを、柳太郎は聞いているのだ。

お富は答える気はないらしい。

じっとしたまま、顔は天井を見つめている。そこに貧乏神がいるのかと思ったが、いまは留守のようである。

「名前はなんという」

貧乏神の名前を聞いた。

やはりお富は答えない。

「いま、貧乏神は留守であろう？　いまのうちにやつを追い出す算段をした方が

よいのではないか」

詳しく教えてくれ、と柳太郎は頼む。

それでもお富は話を聞いているのかどうか。顔色はいいが、目は虚《うつ》ろである。

これではどうにもならない。

それでも柳太郎は、辛抱強く話しかける。

「貧乏神に憑かれたのは七福神巡りからだな？　どうだ、もう一度一緒に、回って見ないか？」

柳太郎の申し出に、いやいやをするようにお富は首を振って、

「そんなことをしたら、安《やす》さんに叱《しか》られます」

安というのか、その貧乏神は……。

はい、とかすかな声で答えた。

「いまは、どこにおるのだ」

「さぁ、わかりません」

柳太郎は、目をつぶった。

真言を唱え始める。

おんばさらあらたんのうおんたらくそか
おんばさらあらたんのうおんたらくそか
おんばさらあらたんのうおんたらくそか
おんばさらあらたんのうおんたらくそか

何度も何度も、続ける。

その声は、あるときは地獄からの響きであり、あるときは、仏の響きのように変化した。

真言を聞いていても、お富に変化はあまりない。

それでも、しつこく柳太郎は続けた。

半刻も続いただろうか。

外から入る光が、すでに赤く変化し始めていた。

風は止まっている。

相変わらず長屋の外からは、声ひとつ聞こえてこない。

普通なら、長屋では子どもの声が鳴り響いているはずだ。まさに貧乏神に取り憑かれているからだった。

「どうだ、気分は」

問われたとき、かすかにお富は首を振った。

いままでにはなかった動きだった。なにか変化が起きたのかもしれない、とお民は顔を向ける。

「おっかさん」

小さな声だったが、確実に変化が起きていた。

なにかを訴えたいらしい。

「なんです」

にじり寄りながら、お民が聞いた。

「安さんは」

それか、と銀次はがっかりする。

あの空の風呂敷にはどんな意味があったのか、と柳太郎が訊いた。

「はい」

声を出すのも苦しいらしい。

柳太郎が私の目を見ろと近づいた。

ふたりの間になにか不思議な空間が流れた。

「そうか」

柳太郎が答えた。

「はい」

意志が通じたうれしさか、お富の顔が微笑んでいる。

いままでは、苦しかったのだろう。柳太郎の術が功を奏したのだ。

なんだ、ご隠居さんがいなくてもなんとかなるじゃねぇか。銀次が呟《つぶや》いた。

その声を聞いても柳太郎は、油断はできないといったが、お富の体に変化は確実に起きていた。

外で風が動いているのが感じられた。

かすかに子どもの声が聞こえ始めていた。

貧乏神の力が弱まっているのだ。

お富の体に柔かさが戻っていた。手が動き出していた。唇から声が出た。

「どうだ、気分は」

ふたたびの問いに、ようやくはいと答えた。

「安さんはいないのですね」

うれしそうだ。

貧乏神の追っかけなんざぞっとしねぇなぁ、と銀次がいうと、

「あれは、つい三日まえのことです」

お富が語り出した。

五

その日は、お花の稽古《けいこ》の日であった。いつもは隣長屋に住むお梅《うめ》ちゃんと一緒に行くのだが熱を出してしまったとかで、お梅は休みだった。

お師匠さんの住まいは、鳥越神社の側である。

通い慣れた道だから、ひとりでも気にならなかった。

近くに着くと、誰かにつけられているような気がして、振り返る。

誰もいない。

そう思ったのだが、突然、なにかが頰《ほお》を撫《な》でた。

「なに？」

不審に思って、見回したが人はいない。だけど、確実になにかがいる気配がする。

目に見えないなにかだ。

恐ろしくなったお富は、駆け足でお師匠さんのところに逃げ込んだ。

だが、気配はどこまでもついてくる。

お師匠さんにその話をしたら、驚いて近所に住んでいる鳶《とび》の頭《かしら》を連れて来てくれた。

頭は、手下を使って近所を探し回ってくれたが、誰もいない。

気のせいではないか、といったところに、頭の髪の毛がいきなり抜け出したではないか。

なにが起きたのか、頭は驚いてその場にへたり込んでしまった。

粋《いき》でいなせで知られる頭が、そんなことになってしまい、お師匠さんはこのままではいけない、危険だから、すぐ帰りなさいとお富を帰したのだった。

お師匠さんの住まいを出て、鳥越神社の前に出た。

すると、また風が頰を撫でた。

いや、風ではない。

なにか物体だった。

なんといえばいいのか、気持ちの悪さは言葉では言い表すことができなかった。人の手ではないなにか……。やがて薄ぼんやりと、貧相な顔をしたモノが見えたと思ったら、しだいに体が痺《しび》れ始めた。

どうしたのかと思っている暇もなかった。

ここまで喋ってから、お富が吐き捨てた。


貧乏神に取り憑かれたのです。


か弱い声で話し終えると、柳太郎の顔を見た。

取り憑かれてからは、自分が自分ではないような毎日になってしまった。

空の風呂敷を持って歩いたのは、貧乏神の安がお富と一緒に出かけたいといったからだという。ひとりで出かけても面白くないと無理をいう。

「でもあなたをどうやって連れて行くんです」

訊いたお富に、

「どうだ、風呂敷に載せてくれたら、母親には手を出さずにおこう」

その言葉を信じてお富は、周りからは空に見える風呂敷を持って歩いた。その上に貧乏神が座っていたのであった。

とお富は答えた。

「はい、貧乏神だから、と自分ではいってました」

鬼子母神まで行ったのは、無意識のうちに助けてもらいたい、と思ったからだ
「軽いんだな」

それで、あの境内に入らず動けずにいたのか、と銀次が得心顔をする。

貧乏神が、境内に入るのを嫌ったのだ。

お富に貧乏神が取り憑いた裏には理由があるはずだ。

銀次が問うと、

「それがよくわからないのです」

「懸想したんじゃねぇのかい」

「そうだとしても、どこで見初《みそ》めてどこに惚れたんでしょうねぇ」

母親としては、娘が誰かに惚れられるのはうれしいはずだ。

「でも、相手が貧乏神とはねぇ」

お民は、苦笑するしかない。

これで、もうやつは消えたんだろうか、と銀次が訊いた。

柳太郎が呪文を唱えてから、長屋の雰囲気に変化が起きたのは確かである。

「いや、それはないな。まだ大きな問題が残っている」

「なんです、それは」

「もう一度戻ってこようとするはずだ。いまは一時的に離れているだけだ」

柳太郎の言葉にお民とお富は、悲しい顔を見せている。


「それは困ったものではないか」

ご隠居さんは、眉《まゆ》を顰《しか》める。そんな表情をするのは珍しい。

例によってご隠居さんの住まい。濡れ縁であぐらをかいている。

「貧乏神は面倒だぞ」

「なにがです」

銀次が問う。

「奴《やつ》は、なかなか諦《あきら》めるということをせぬからなぁ」

一度、これと目をつけたらなかなか離れようとしない、というのだ。

それで一度貧乏になると、なかなか元に戻るのが大変なのか、と銀次は顔をしかめながら、

「どうして、それが神なんだい」

間尺に合わねぇ、と苦々しく吐いた。

「親分さんは取り憑かれておらぬから心配いらぬぞ」

ご隠居さんが、助ける。

「さいですかい、それはよかった」

と笑みを見せるが、すぐ口を尖《とが》らせて、

「あの娘から貧乏神をはずすにはどうしたらいいんです？」

またからくりを使うのか、と訊いてもご隠居さんはううむと唸《うな》っているだけである。

それほど大変なのかと銀次は驚いている。

貧乏神など、なにほどのことがあるのか、という気持ちなのだ。

しかし、ご隠居さんは、

「まぁ、柳太郎が本当の力に目覚めたら、それこそ一捻《ひとひね》りで終わるはずだが、いまはまだそこまで成長しておらぬからなぁ」

残念そうである。

「どうしたら力がつくのです」

どうせ小童《こわっぱ》ですから、といいたそうな目つきで柳太郎が訊いた。

それは、ひとりひとりの経験と修行と、その者の覚悟によって異なる、とご隠居さんは答えた。

まだまだ、江戸の陰陽師になるには時《とき》が必要だ、という。

「それでは間に合いません」

「わしが手伝う」

にやりと笑ったご隠居さんは、いかにも楽しそうである。

側にいる蘭月は、じっと座って話を聞いているだけだった。


「生半可なからくりでは今回はあまり役には立たぬ」

ご隠居さんがいった。

「では、どうしましょう」

「やつを騙すのではない。こっちが戦いやすい場所を作り出すのだ。それには三人の力が必要になる」

「策は？」

教えてくれるかどうかわからぬが、一応訊いて見た。

「まだ浮かんでおらぬ」

そういって、ご隠居さんは腕を組んで思案する。それほど貧乏神と戦うのは大変らしい。しばらくして、よし、とご隠居さんは柳太郎を見た。

「正面から戦う」

「しかし、それではなかなか勝てないのではありませんか？」

「そんなことはいうておらぬぞ柳太郎よ。問題はお前がまだ半人前の陰陽師だということだ」

「はぁ」

責任を押し付けられたような気分である。

「そんなことではないのだよ柳太郎、もっとがんばれ、というておる」

「では、どうしたらいいのです」

「だから戦うのだ。思いっきりな」

いままで、貧乏神が戦うなどと聞いたことがない。しかし、ご隠居さんの顔は本気のようだった。

「蘭月がお前の顔を強く見えるようにしてくれるはずだ」

「はぁ？」

変装をしろというのか？

「そうではない、ある者に見せる」

「といいますと」

「貧乏神に対するのはなんだ」

「さぁ、金持ちですかねぇ」

「それもあるが、そんな神はおらぬ」

「では、誰になれと？」

「死神だ」

　思わずそこにいた連中が腰砕けになった。

　いずれにしても、貧乏神をどこかに誘い込まなければいけない。

　そうしなければ戦うこともできない。

　その役は当然のごとくお富がやることになった。

「貧乏神は、必ずお富のところに戻る。たぶん、いま頃は英気を養っているはずだ」

「貧乏神でも英気を養うのか」

　銀次は不思議そうだ。

「いま頃は、おそらく貧乏人の見回りをしているに違いない」

「なんだ、それは。貧乏を見回っているのかい」

俺の側に見回りなんぞ来て欲しくねぇ、と銀次は十手で掌をほじくっている。

ご隠居さんは蘭月を呼んで、柳太郎を指差し、

「こいつを立派な死神に仕立てるんだ」

蘭月は、にこりと頰を膨よかにさせて、

「いままで見たこともないような死神に仕立てましょう」

ふたりで遊んでるわけではあるまいなぁ。

柳太郎は、そんなことを思ってしまった。

もちろんそんなことがあるはずはないのだが……。

六

貧乏神はご隠居さんのいうとおり、お富のところに戻った。

それまで英気を養っていたという貧乏神の安は、

「おや？」

お富の住む長屋に戻ってきたとき、首を捻った。

長屋全体の雰囲気にいままでとは異なる臭気を感じたからだという。

「…………?」

声が出ないふりをして、お富は目を向けた。

「ふん、誰かを呼んだな」

「…………」

目で否定するが、貧乏神には通用しなかった。

お富は目が泳いでしまった。

「陰陽師が来たか」

「やはりそうか」

貧乏神の姿はお富にしか見えていない。お民が下からおかゆを持って上がってきたが、そこに貧乏神がいるとは気がつかない。

お富が目配せをしたので、

「これを食べてもっと元気になってもらわないとねぇ」

いつもの応対をした。

貧乏神は、それを横で見ている。その目は爛々《らんらん》と光っていた。まるでお民を敵の陰陽師のように見ている。

「お前、まだ声も出ないいんだねぇ」

以前と容態は変わらないと思わせているのだ。

長居をするとばれてしまうかもしれないと思ったのだろう、お民はすぐ一階に降りていった。年を取ると、この梯子段は登れなくなるかもしれない、などとぶつぶつ独り言をいいながら降りる。

「ふん、臭い芝居をしたってだめだ」

貧乏神は呟いたが、お富を咎《とが》めようとはしない。

「こんなことは慣れているからな」

誰が来たって俺はいま、この長屋が気に入っているのだ、と告げた。

——どうしてこの長屋が好きなのですか？

目でお富が問う。

「お前がいるからに決まっている」

——どうして私を？

「その薄幸そうな顔がいいのだ」

——私は薄幸そうなのですか
「自分では気がつかないだろうがな」

お前は薄幸そうなのだ、と貧乏神の安は笑った。

「それが俺の好物さ」

——どうしたらそれから抜けることができます？

「そんなことはさせねぇ。俺が飽きるまで」

——そんな勝手な。

「考え違いしたらいけねぇなぁ。俺たちがいるから金持ちがいるんだ」

——私を金持ちにしてください。

「それは無理だ。お前は唇が薄い」

——それが幸薄いという意味ですか？

「そうだ。まぁ、八卦見がいっているから、それを逆手に取って俺が取り憑いているということもあるがな。八卦見が悪いな、そう考えると」

ぐぐぐ、と貧乏神は笑った。

とにかく貧乏神は戻ってきた。

問題は奴と戦うための準備である。ご隠居さんは大仕掛が必要だと三人組を呼んで、相談を始めていた。

「どこで戦うかが問題だな」

ご隠居さんは、思案する。

貧乏神と戦うには、こちらも相当な用意が必要だというのだ。

「場所が問題なのですか？」

柳太郎の問いに、そうだと頷きながら、

「そうだ、お前は死神だな」

「ご隠居さんがそう決めたのです」

「そうか。それだ」

「なにがです」

「戦いの場所だよ」

「といいますと？」

「死神と聞いてなにが浮かぶ」

「さぁ……三角巾《さんかくきん》かなぁ」

「戦う場所のことを訊いておるのだ」

「……思い浮かびません」

「棺桶《かんおけ》だ」

棺桶？　どうやってそんな狭いところで戦うのか。

「それがからくりの腕の見せ所よ」

「しかし」

「よし、善吉に一世一代の棺桶を作らせよう」

「棺桶のなかで戦うのですか」

「お前が戦うのだ」

そんな殺生《せっしょう》な。

「まだ死にたくありません」

「本当に死ぬわけではない。よいか、こうだ……」

ご隠居さんは、柳太郎に耳打ちをした。


そんなことがあって、いま柳太郎たちは入谷田圃《たんぼ》にいる。

鬼子母神があるからご隠居さんが、ここに決めたらしい。

貧乏神が鬼子母神を嫌っていることが、お富の話から感じられたからだろう。

空の風呂敷を持ち歩く姿からとんでもない話に発展してしまったものだ。

そもそも銀次がお富を見たのがきっかけである。

「それは誰かが銀次に見せたのであろうなぁ」

「といいますと？」

「そこまでは儂も予測はつかぬ」

ご隠居さんでもわからぬことがありますか、と揶揄《やゆ》すると、

「皮肉をいうな」

怒られた。

「この世には、理屈では通らぬことが数多くあるのだぞ柳太郎よ」

「はい」

「お前はこれからそんな理不尽な世界と戦い続ける役目を引き受けたことになる」

「そうなのですか」

「そうなのだ」

だから覚悟を決めよ、とご隠居さんはいった。

「棺桶はどうなりました？」

わっはは、とご隠居さんは楽しそうだ。

「善吉が頭を悩ませていたが、とんでもない棺桶を作り出したようだぞ」

「入谷田圃にですか」

「光と陰だ」

「はい？」

「よいか、この世には光と陰がある。光が当たれば必ず陰ができる」

「それが陰陽です」

「そこだ。となると狭さがあれば広さもある」

「はぁ」

なにがいいたいのか、わからない。

「つまりだ、狭いということは広いのだ」

「わかりません」

「影絵を知っておるであろう柳太郎よ」

「もちろん」

「あれは後ろから光を当てると、陰ができるからそれを見せる。当たる光の場所を移動させると、陰が大きくなったり小さくなったりする」

「ははぁ」

「わかったか。その顔はそうでもないらしい。まあよい。当日を楽しみにしておれ。お前は棺桶のなかで戦う。それだけ知っておけば良い」

三日後、戦いの日がきた――。

七

目の前にあるのは大きな棺桶だった。

どこでどうやったらこんな棺桶を作ることができるのか、と思う。善吉の腕は底知れぬ。長さ六間《けん》（約十一メートル）はあると思える棺桶だった。

そろそろ酉《とり》の下刻。光は赤く染まり始めている。

そんななか、大勢の人が立ち働いていた。ご隠居さんが持っている芝居小屋から人が駆り出されたらしい。

ご隠居さんの力を感じた。

ただの陰陽師ではない……いや、陰陽師だからこそこれだけの仕掛けを作ることができたのだろう。

おそらく平安の陰陽師、安倍晴明や蘆屋道満。そして我がご先祖たちも式神という手下たちを大勢抱え、その者たちの力を借りて大掛かりな仕掛けを見せていたに違いない。

そう考えると、まだ柳太郎は力不足だと認めるしかなかった。

夜の帳《とばり》が落ちた。

刻限もはっきりしなくなった頃合いである。

すたすたすた。

音が聞こえた。といっても人には聞こえない足音である。

来た。

ご隠居さんが呟いた。

大きな棺桶の陰に隠れている。今回はご隠居さん自ら、仕掛けに手を貸しているらしい。それほど大掛かりだということだろう。さらに芝居小屋で働く連中も、棺桶の後ろ側に待機している。

貧乏神に皆の姿がばれるのではないか、と問うと、

「結界を張った」

あっさりとご隠居さんは答えた。

「結界を張ったから、貧乏神にはなにも見えぬ。儂にもそのくらいの力はあるのだぞ」

ふふふ、と頰を蠢《うごめ》かせる。

「やはり、蘆屋さんですね」

「名前はどうでもよいというておる」

「縛られるからですか」

「その通りなのだ柳太郎よ」

ご隠居さんがじっと柳太郎の顔を見つめて、

「それにしても、その顔は」

「蘭月さんが傑作を描いたといってました」

自分では見えないから、どんな顔になっているのか知らないのである。

「ふふ。それなら貧乏神も驚くことだろうよ」

「それほどですか」

「あぁ、それほどだ」

足音が近づき、ご隠居さんは指を唇に当てた。

ぐうぐうという音が聞こえる。なんの音かと思っていると、

「あれは、貧乏神の腹が鳴っておるのだ」

含み笑いしながらご隠居さんがいう。

「腹をすかせているのですか」

「貧乏だからな。あまりよいものを食っておらぬ」

また、ぐふぐふと笑った。その笑いはどっちが貧乏神なのか。

突然、光が点滅し始めた。

芝居小屋の仲間たちが、一斉に龕灯《がんどう》やその他の明かりをつけたり消したりし始めたらしい。

貧乏神が、目が眩んだのかたたらを踏んだ。

「よし、いまだ。行け柳太郎！」

はい、と答えて柳太郎は飛び出した。貧乏神が目をむいた。

「な、なんだお前は」

「死神だ」

頭には角《つの》が生えている。顔は隈取《くまどり》されてしかもそれが光っている。光苔《ひかりごけ》を使ったからだ。闇《やみ》にその隈取が不気味にまばゆい。

目が強調されているから、まるで目のお化けである。

衣服もすごかった。

歌舞伎の演目、「暫《しばらく》」のような大きな暖簾《のれん》のようなものを纏《まと》い、足元には蝦蟇《がま》がいるのだ。柳太郎はその蝦蟇に乗って登場したのである。

「まるで、天竺徳兵衛と自来也《じらいや》が一緒になったような格好だ」

陰に隠れている銀次は、呆れ果てていた。

しかし、その姿に光と陰が当たるとすばらしく映えている。

貧乏神もびっくりであろう。

「し、死神だと？」

そんな死神など見たことがねぇ、と叫んだ。

そのとき、どかんとなにかが破裂した。

花火である。

一瞬、音に気を取られていると、それまでふたりを照らしていた光が一斉に消えた。ばたんばたんという音が聞こえて、なにかに閉じ込められた。

棺桶ができ上がったのだ。

また、光が小さく点滅している。

陰が揺れる。

「あ。なんだこれは。俺の体はどうなったのだ！」

貧乏神が叫んでいる。

「お前は死んだのだ。棺桶のなかに入ったのだ」

柳太郎が叫んだ。

左右を見ると、景色が体の数倍になっている。遠くを見るといままで見ていた景色とは異なり、自分の体が小さくなっていることがはっきりわかる。

「棺桶のなかだと？　馬鹿なことをいうんじゃねぇ。棺桶だったらどうして外の景色が見えるんだ」

「あんたは貧乏神だろう。そんな当たり前のことを考えているようじゃ、大したことはないな」

「なにぃ？」

「この棺桶は幻だ。お前さんの目を幻惑しているのだ。普通の棺桶とは棺桶が違う。周りの景色が見えるように透明になっているのがわからぬか！」

もちろん透明などではない。景色は書割である。外の景色が見えているように錯覚させているだけでしかない。

「ふざけるな、棺桶のわけがねぇ」

貧乏神は叫びながら、周囲を見回す。

ようするに、遠近法を使っているのであった。

左右の壁に大きな山や田圃などの景色を描き、それを光と陰で演出することで、まるで自分が小さくなったように錯覚させているのである。

そのためにも、景色が必要だったのだろう。ご隠居さんたちの苦肉の策に違いない。

貧乏神はそんな作為に気がつかない。

なにかおかしいとは思っていても、善吉の舞台作りと蘭月の絵が玄妙の世界を作り上げているのである。

「音三郎はどうしたのか？」

心のなかで柳太郎がつぶやくと、待っていたように、ぶあっと大きな陰が貧乏神の上にのしかかった。

げ、と叫んで貧乏神が逃げまどう。

柳太郎ははりぼてとはいえ蝦蟇の上に乗っているので、あまり身が随意にならない。

「蝦蟇から降りろ」

ご隠居さんの声だった。

犬になったり鹿《しか》になったり、意味不明の形になったりする陰から貧乏神が逃げ惑っているうちに、柳太郎は蝦蟇から降りた。

「やい、貧乏神」

はぁはぁいいながら、貧乏神は柳太郎を見つめて、

「お前がお富を助けようとした陰陽師か、こしゃくな小僧め」

「とっとと、お富さんからはずれろ」

「やかましい」

突然、貧乏神が手に刃物を持って打ちかかってきた。

「む……貧乏神が刃物を使うとは知らなかったぞ」

柳太郎の声など構わずに斬りつけてくる。

動きがままならない格好をしているので、柳太郎はいつもより体さばきに困っていると、

「脱げ」

またご隠居さんの声だった。

暖簾のような着物を一気に脱いだ。その下は真っ白な衣装である。これも舞台

衣装である。いわゆる死に衣装だ。こんなものを着たくはなかったが、なりゆきでしかたがなかった。

角をはずすと三角巾が額に張り付いていた。

その格好を見ても、貧乏神はふんと鼻を鳴らすだけである。

「そんな格好は見慣れておるわ」

別に怖がってはいない。

もっとも、貧乏神と死神は親戚《しんせき》のようなものだろう。

「早く決めろ」

またもやご隠居さんの声。

仕掛けは長くは持たないのだ。後ろで仕掛けを守っている仲間たちの体力も長続きはしない。

「きえ！」

腰に指した刀を抜いて飛びかかった。

青眼《せいがん》の構えなど悠長なことをしている暇はないからだった。

逃げる貧乏神。

追う死神。

戦う場所は棺桶のなか。
摩訶《まか》不思議な光景が繰り広げられている。
貧乏神が棺桶の板にぶつかった。
ギラギラした目を柳太郎に向ける。
初めて柳太郎は青眼に構えた。
切っ先を揺らしながら、目眩ましを仕掛ける。
そして、呪文を唱え出した。

おんべいしらまんだやそわか
おんべいしらまんだやそわか
おんべいしらまんだやそわか
おんべいしらまんだやそわか
おんべいしらまんだやそわか

武神である毘沙門天《びしゃもんてん》の真言である。
貧乏神の体が揺れ始めた。

目がうつろになった。

そこだ！

柳太郎は飛び上がって、上から刃を振り下ろした。

ばっさりと貧乏神の体を脳天から斬り裂いた……。

八

貧乏神は消えた。

ご隠居さんにいわせると、斬り裂いたところで貧乏神が死ぬわけではない。その間、一旦姿を消しているだけだ、という。

「それでは無駄骨だったのですか」

不服そうに柳太郎が問うと、

「そうではないよ柳太郎。あれはあれでよかったのだ。世の中は不可思議なことが普通に起きている。しかし、それを気持ちで解決することができる、とお富は知ることができたのだからな」

それは、お前の手柄だとご隠居さんはいった。

「安心しました」

例によって、ご隠居さんの住まいである。

さらに例によって、ご隠居さんは濡れ縁にあぐらをかいて酒を飲んでいる。

庭では、どこからか飛んできた鳥の鳴き声が聞こえてきた。

今日の風は気持ちがいい。

夏にしては、涼しい日だった。

「お富さんはいかがしました？」

蘭月が、塗笠を被ったまま問う。

その質問には、銀次が答えた。

「すっかり元気になってますぜ。いまはあの長屋には子どもの声がやかましいほどです。あっしはあまり子どもがわいわいしているのは好きではありませんがね。元気な子どもたちが走り回る姿をみていると、あぁ子どもは宝かもしれねぇと思いましたよ」

「ほう、それはそれは」

杯を手にしたままご隠居さんが笑う。

「どうだ、柳太郎よ」

「なにがです」

「江戸の陰陽師暮らしだ」

「……まだわかりませんが、なかなか楽しいとは思っております」

「それはよい。だがな」

ぐいと杯を飲み干し、

「お前さんの江戸の陰陽師としての暮らしはまだ始まったばかりだ」

「はい」

父の形見、狩衣《かりぎぬ》もまだ着る機会はない。

「これからも、どんどん摩訶不思議な領域に入り込むはずだ」

「………」

「まだまだ、これからだぞ」

「楽しみです」

「ほう、楽しみとはな」

さすが賀茂家の末裔と、大笑いをする。

蘭月の目が細くなった。微笑んだらしい。

銀次は、まだこれからも続くんですかい、と十手で掌をほじくっている。

黒揚羽蝶《くろあげはちょう》が舞ってきた。

「これは」

「儂の式神だ、乱暴にするなよ」

「…………」

ご隠居さんの正体はまだはっきりしていない。

推量はできるが、そこまでだ。

それでも江戸は面白い。

「さて、柳太郎よ。今日も蘭月の麦茶か？」

しばらく思案していたが、

「……いえ、今日は一献いただきます」

「おう、そうこなくちゃなぁ。どうだい親分も」

あっしもですかい、とうれしそうに微笑んだ。

蘭月が立って杯を二個運び、柳太郎に酒を注《つ》いだ。

「おう、いい月だぞ柳太郎よ」

昼の白い月だった。

まるでこの光景をにこやかに笑いながら見つめているようであった。

「また、盗まれてしまいますかねぇ」

蘭月に訊いた。

「はい。盗まれてしまいますよ」

塗笠のなかで蘭月が微笑む。

この人になら盗まれてもいい、といいそうになって、

「おっと」

ご隠居さんにばれてはいかぬと柳太郎は、思考を止めた。

「よい、昼の月でございますねぇ」

涼やかに蘭月がいうと、さっき飛んでいた揚羽蝶がご隠居さんの肩に止まって、ぱたぱたと羽を揺らした。蝶も喜んでいるらしい。

ふと狩衣を着た自分の姿が庭の中心に浮かんで見えた。もちろん幻である。ご隠居さんが見せてくれたのだろうか。

柳太郎は、思いっ切り杯を傾けた。

「おう、その調子だぞ柳太郎」

ご隠居さんの笑い声が夏の風に流れていった。

本作品は宝島社文庫のために書き下ろされました。

宝島社
文庫

江戸の陰陽師
風流もののけ始末帖
(えどのおんみょうじ　ふうりゅうもののけしまつちょう)

2014年6月19日　第1刷発行

著者　聖 龍人
発行人　蓮見清一
発行所　株式会社 宝島社
〒102-8388　東京都千代田区一番町25番地
電話:営業 03(3234)4621／編集 03(3239)0599
http://tkj.jp
振替:00170-1-170829 (株)宝島社
印刷・製本　中央精版印刷株式会社

ISBN 978-4-8002-2751-5